DE

FIL EN AIGUILLE

PAR

Victorien AURY

ILLUSTRATIONS PAR BIGOT, GILBERT, KAUFFMANN, ETC.

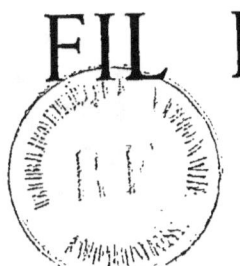

PARIS

LIBRAIRIE CH. DELAGRAVE

15, RUE SOUFFLOT, 15

—

1882

DE FIL EN AIGUILLE

Mais, c'est la voix de Geneviève !

LE TÉLÉPHONE

— Tout seul, mon cher Georges ! s'écria Mme Delcamps d'un air de désappointement, en voyant son fils, un homme d'une trentaine d'années, entrer dans le salon où étaient déjà réunis ses enfants et ses petits-enfants.

— Hélas ! oui, ma chère maman, dit le nouvel arrivé en venant embrasser Mme Delcamps et en déposant sur ses genoux un magnifique bouquet de lilas blanc. Geneviève a fait une chute dans la journée ; elle s'est luxé le genou : ce ne sera rien, mais il lui est défendu de marcher

D.   1 pendant un jour ou deux. On l'a couchée afin qu'elle ne fût pas tentée d'enfreindre les prescriptions du médecin, et sa mère est restée près d'elle.

— Pauvre mignonne! fit Mᵐᵉ Delcamps; mais tu es sûr que ce n'est pas grave au moins?

— Non, chère maman; s'il en était autrement, serais-je venu? Tranquillisez-vous, et comme il ne faut pas que les autres pâtissent par suite de l'absence de notre fillette, souriez à tout ce petit monde qui s'apprête à faire montre de ses talents pour vous souhaiter votre fête, et qui en attend le moment avec impatience.

Pendant que Mᵐᵉ Delcamps se faisait donner quelques détails sur l'accident survenu à sa petite-fille, un bébé de quatre à cinq ans était venu s'installer sans façon sur le genou de son oncle. Ne se sentant pas le courage de garder plus longtemps pour lui le compliment que depuis quinze jours sa mère lui faisait répéter avec acharnement, il commença à le réciter, sans attendre qu'on l'en priât.

Il l'avait terminé, et d'autres compliments avaient succédé au premier, on allait passer à l'audition des morceaux de piano, lorsqu'un tintement continu se fit entendre dans la pièce voisine du salon. Cette pièce était le cabinet du fils aîné de Mᵐᵉ Delcamps, qu'on appelait M. Ludovic, pour le distinguer de son frère Georges, et avec qui la vieille dame demeurait.

M. Ludovic sortit.

— Voulez-vous venir, ma chère maman? dit-il, en rentrant dans le salon au bout de quelques instants.

Et il offrit le bras à sa mère, pendant que son frère prenait une lampe sur une console et le suivait, accompagné de tout le monde.

Près de la fenêtre et contre la muraille était fixée, à hauteur d'appui, une petite boîte d'acajou en forme de pupitre. M. Ludovic en approcha un fauteuil; puis, mettant entre les mains de Mᵐᵉ Delcamps une sorte de disque, relié à cette boîte par une grosse corde flexible :

— Portez ceci à votre oreille, lui dit-il.

— Mᵐᵉ Delcamps, intriguée, fit ce qu'on lui disait.

— Chère grand'maman, entendit alors la vieille dame, votre petite

Geneviève veut vous souhaiter une bonne fête. Elle aussi avait appris une belle fable; elle aurait bien du chagrin de ne pas pouvoir vous la dire; voulez-vous l'écouter?

— Mais c'est la voix de Geneviève! s'écria Mᵐᵉ Delcamps les larmes aux yeux; je la reconnais; elle est parfaitement claire et distincte. Qu'est-ce que cela signifie?

— C'est une surprise que je vous ménageais, dit M. Ludovic, et l'accident survenu à Geneviève l'a rendue plus complète. Ceci est un « téléphone », cet instrument dont vous avez déjà sûrement entendu parler.

— Ainsi la voix de Geneviève vient jusqu'ici?

Votre petite Geneviève veut vous souhaiter...

— Sans doute.

— Dites, voulez-vous qu'elle récite sa fable?

— Certainement, la chère enfant, je ne demande pas mieux, pourvu que cela ne la fatigue pas trop.

— Répondez-lui donc vous-même.

— M. Ludovic, faisant descendre un second petit appareil, placé à gauche du téléphone, le mit à la portée de la bouche de Mᵐᵉ Delcamps, qui, en approchant ses lèvres, répéta les paroles qu'elle venait de prononcer.

Une expression de satisfaction et de vive joie se peignit alors sur ses traits pendant que le téléphone, dont elle tenait toujours le fil à son oreille, lui apportait le dialogue animé du Loup et de l'Agneau de la fable.

— C'est cela! Le ton y est, murmurait-elle, en souriant des inflexions variées que Geneviève s'efforçait de donner à sa voix, pour la rendre tour à tour douce ou terrible... Fort bien!... de mieux en mieux!... « Sire, répond l'Agneau... » souffla-t-elle même à un moment où le mot ne venait pas assez vite à la fillette... ce qui fit éclater de rire tout le monde.

— Quelle merveilleuse invention ! s'écria la grand'mère lorsque, la fable ayant pris fin, elle rendit le petit instrument à son fils. Pouvoir ainsi correspondre à distance, à la minute, entendre la voix de ceux qu'on aime et dont on est séparé ! C'est supprimer le temps et l'espace ! A qui doit-on une pareille découverte ?

— Le véritable inventeur du téléphone, dit M. Ludovic, est un savant d'Édimbourg (Graham Bell), et le premier de ces instruments a été vu à l'exposition de Philadelphie en 1876 ; mais l'appareil dont on se sert le plus communément à Paris a été construit par « Edison », célèbre mécanicien américain.

Tout en parlant, M. Ludovic avait remis en place les pièces de l'appareil. Parmi les enfants, quelques-uns, les tout petits, étaient déjà retournés à leurs jeux ; mais deux des plus grands, Marcelle et Édouard, qui avaient de dix à douze ans, restaient fort intrigués devant le téléphone, se demandant le secret de cette petite machine, comme ils l'appelaient, et cherchant à se l'expliquer l'un à l'autre.

Leur oncle Georges vint à leur secours.

— Le téléphone, leur dit-il, est un instrument qui, comme son nom l'indique, et comme vous avez pu le voir tout à l'heure, porte le son au loin (Télé, loin ; phone, son). Vous avez souvent entendu parler du télégraphe électrique ?

— Oui, dit Marcelle ; les fils qu'on voit courir le long des chemins de fer sont ceux du télégraphe.

— C'est cela. Vous savez peut-être aussi que ces fils sont attachés par chaque extrémité à deux appareils qu'ils relient l'un à l'autre, et qu'on ne peut toucher, si faiblement que ce soit, à l'un des bouts de ces fils, sans que le mouvement qu'on lui a imprimé vienne se reproduire presque instantanément à l'autre bout, les fils eussent-ils cent lieues, mille lieues de long, fissent-ils même tout le tour de la terre.

— En effet, dit Édouard ; papa me l'a expliqué.

— Eh bien ! il se passe, à l'aide du téléphone, un phénomène du même genre.

De même que le télégraphe, le téléphone se compose de deux appareils identiquement semblables, reliés par des fils électriques. Seulement, au lieu de reproduire les mouvements, comme les appareils du télégraphe, ceux du téléphone reproduisent les sons, la parole.

Tous les téléphones sont, de même que celui-ci, munis de deux parties principales : l'une, dans laquelle on parle, s'appelle « le parleur » ou

Le Bureau central des téléphones.

« transmetteur ; » l'autre est le « récepteur ; » il sert à entendre. Le transmetteur et le récepteur sont, eux aussi, tout à fait semblables l'un à l'autre. Examinez-les bien : vous verrez, au milieu de chacun d'eux, un petit rond ou disque qui y est enchâssé comme un verre l'est dans le cercle d'une lorgnette. Ce disque est formé d'une feuille de métal aussi mince qu'une feuille de papier. Lorsque vous parlez devant cette feuille, vous la faites vibrer, comme les baguettes font vibrer la peau du tambour et la font résonner.

— Mais les baguettes frappent la peau du tambour, tandis qu'on ne frappe pas cette plaque! dit Marcelle.

— Je te demande pardon, ma chère amie, ce qui la frappe, sans que tu t'en doutes, c'est le son de ta voix, causé par l'air sortant de ta poitrine. Eh bien! ce son produit dans le fil du téléphone ce qu'on appelle un courant électrique. Ce courant, se transmettant le long du fil passant sous terre avec une vitesse inouïe, va faire vibrer la plaque du récepteur dans le téléphone avec lequel on est en communication; et cette plaque, agitant l'air à son tour, reproduit exactement les sons reçus par le transmetteur, portant ainsi les paroles prononcées, ici par exemple, à l'autre extrémité du fil.

— Ainsi, ce fil va tout droit chez vous, mon oncle?

— Pas positivement; il passe d'abord par le « Bureau central des téléphones. »

Les deux enfants levèrent sur leur oncle un regard interrogateur.

— Si nos deux téléphones ne servaient qu'à nous mettre en correspondance, mon frère et moi, reprit celui-ci; ils ne nous rendraient pas, à l'un ni à l'autre, beaucoup de services; mais ils nous font communiquer en outre avec toutes les personnes qui ont un téléphone chez elles, ce qui est beaucoup plus important. Je suppose que j'aie besoin de parler à mon notaire pour une affaire pressée : au lieu de lui écrire pour lui demander un rendez-vous et d'attendre sa réponse, puis d'aller chez lui, toutes choses qui causent une perte de temps considérable, je cause avec lui à l'aide d'un téléphone. N'est-ce pas bien plus commode? Mais comme il me serait impossible d'avoir chez moi les fils correspondant à chaque téléphone particulier, sans compter que cela coûterait une somme énorme, on a établi un « Bureau central » où sont réunis les fils de tous ces téléphones. Quand je veux parler à quelqu'un, il faut d'abord que j'en avise le Bureau central. C'est ce que je fais en pressant ceci, continua M. Delcamps, désignant un petit bouton de cuivre placé à droite du pupitre. Cette pression, à l'aide d'un fil électrique, met en mouvement une sonnerie placée à l'établissement et portant un numéro. Alors une des demoiselles employées, dont la fonction est de surveiller les signaux sur une table préparée à cet effet, est avertie par cette sonnerie que le n° 425, c'est celui que porte ce téléphone, appelle. A l'aide d'un transmetteur elle me demande aussitôt ce que je veux. Je réponds que je désire parler à telle personne. Alors elle prévient cette personne en mettant le timbre de son téléphone en mouvement à l'aide d'un fil télégraphique, comme on l'a fait pour celui-ci tout à l'heure. Cela veut dire : « Attention! Quelqu'un désire converser avec vous. » Après avoir fait cela elle relie les fils des deux téléphones, et alors on peut commencer l'entretien.

— Mais toutes ces choses doivent prendre bien du temps? dit Édouard.

— Quelques secondes à peine. Du reste, tu vas en juger, continua l'oncle en appuyant le doigt sur le petit bouton dont il venait de parler, et en décrochant le récepteur suspendu au-dessous, qu'il porta à l'oreille d'Édouard.

— On a dit : « Oh! oh! » fit celui-ci.

— C'est-à-dire : « Hallo! hallo! » c'est l'expression convenue pour dire : « Que voulez-vous? » A toi, Marcelle; réponds : « Je voudrais parler à Mme Georges Delcamps, boulevard Malesherbes, n° 175. »

La fillette, la bouche au transmetteur, répéta les paroles qu'on lui avait dictées.

— Ah! c'est la voix de ma tante! fit Édouard presque aussitôt. Elle a demandé : « Qui veut me parler? »

— Réponds, Marcelle.

— C'est moi, ma tante, moi, Marcelle, fit la fillette. Je voudrais savoir comment va Geneviève, si elle n'est pas trop fatiguée d'avoir récité sa fable et si son pied la fait beaucoup souffrir.

— Geneviève dort paisiblement, ma chérie, répliqua Édouard, répétant les paroles que lui transmettait le téléphone, et son pied ne va pas mal.

— Merci, ma tante, fit alors Marcelle. Je vous souhaite le bonsoir et je vous embrasse.

—Moi aussi, ma tante, vint dire Édouard abandonnant son récepteur.

— C'est très amusant, dit la fillette, pendant que son oncle remettait les différentes pièces de l'appareil en place, et pressait de nouveau sur le bouton pour avertir le Bureau central que l'entretien était terminé.

— C'est tout à la fois, répliqua l'oncle, utile et agréable. Outre la faculté de causer avec ses amis ou avec les personnes avec lesquelles on est en affaire, on peut encore, au moyen du téléphone, se donner le plaisir du théâtre sans sortir de chez soi.

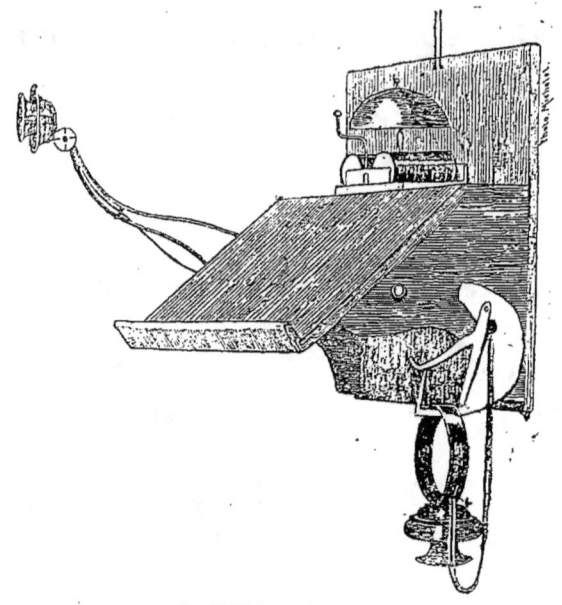

Le Téléphone Edison.

— Comment cela ?

— Un téléphone, mis en rapport avec la scène de l'Opéra ou avec celle du Français, au moyen de fils semblables à ceux-ci, permet d'entendre à une très-grande distance ce que disent ou ce que chantent les acteurs. On peut ainsi assister à une conférence ou se faire lire le journal de loin si cela vous fait plaisir.

— Oh! mon oncle, vous vous moquez de nous, dit Édouard.

— Non, mon ami, et l'exposition d'électricité peut te convaincre de la vérité de ce que j'avance.

— Vraiment! s'écria Marcelle. Comme ce sera commode. Ainsi voilà

grand'mère qui aime tant la musique et qui ne peut pas sortir le soir :
elle pourrait ainsi aller à l'Opéra au coin de son feu.

— Eh bien, que dis-tu de cette découverte?

— Que c'est la merveille des merveilles.

— C'est précisément l'expression dont s'est servi, pour la qualifier, le
savant chargé de rendre compte à l'Exposition de Philadelphie de la
découverte de Graham Bell. C'est en effet la merveille des merveilles.
Mais rentrons au salon, j'entends le prélude de l'Invitation à la valse et
Marcelle a aussi un morceau à nous exécuter.

La férocité est peinte sur ces visages de singes.

LES
SINGES COMÉDIENS

Un théâtre de marionnettes se dressait sur une place de village. L'assemblée très nombreuse, composée d'enfants, de villageois et de militaires, suivait avec le plus vif intérêt les faits et gestes de Polichinelle, de sa femme, du commissaire et du gendarme, qui s'injuriaient, se querellaient, se battaient à qui mieux mieux. Tout à coup un nuage passe au-dessus de la tête des spectateurs, et une demi-douzaine de créatures velues envahissent le théâtre, renversant les personnages qui occupaient la scène, dispersant leurs vêtements et même leurs membres de tous les côtés, pendant que le pauvre propriétaire des marionnettes, pris d'épouvante, s'enfuit à toutes jambes en poussant des cris de terreur.

Ces créatures velues n'étaient autres que des singes, pensionnaires d'un montreur de bêtes plus ou moins féroces, qui s'était établi à peu de distance du Guignol. Ils avaient réussi à quitter la ménagerie et étaient venus s'installer derrière les spectateurs du théâtre de marionnettes, qui, absorbés par ce qui se passait sur la scène, ne s'étaient pas aperçus de ce voisinage désagréable.

Nos singes avaient donc pris possession du théâtre et, avec l'instinct d'imitation dont sont doués ces animaux, ils voulurent reproduire ce qu'ils venaient de voir faire ; mais ce qu'ils avaient le mieux retenu du spectacle, et la seule chose du reste qu'ils pussent rendre avec quelque vérité, c'étaient les coups et les éclats de voix. Les voilà donc criant, gesticulant, se menaçant, se bousculant, se frappant et se mordant de tout leur cœur. L'un d'eux est jeté par dessus le bord du théâtre ; il se ragrippe à la queue d'un grand chimpanzé qui, furieux, cherche à se débarrasser de lui par un coup... j'allais dire un coup de pied ; mais les singes n'ont pas de pieds : comme on sait, ce sont des quadrumanes. Le chimpanzé donc envoie à son camarade un rude « coup de main » ; un autre vient au secours du premier, étendant vers celui qui cherche à remonter une patte crochue.

La férocité est peinte sur tous ces visages de singes, excepté sur celui d'une petite guenon, dont la figure n'exprime qu'un vif désappointement. Elle a aperçu au pied du théâtre une grande jarre qu'elle s'est plu à croire pleine de lait, et qui est vide.

Pendant qu'elle se dépite, la bataille continue au-dessus de sa tête ; c'est bien autre chose que celle que se livraient Polichinelle, sa femme, le gendarme et le commissaire qui, eux, se battaient « pour de rire. » Que faut-il en conclure ? je vous le demande.

— Que le mauvais exemple est toujours funeste : si les singes n'avaient pas vu des hommes se battre, ils ne se seraient peut-être pas battus.

— Fort bien raisonné, mon ami ; je vous dirai pourtant que ceux qui imitent ainsi ce qu'ils voient faire de mal prouvent, par cela même, l'infériorité de leur nature. Il est impossible de se soustraire absolument au spectacle du mauvais exemple ; tous les jours on est exposé à être témoin d'actions blâmables. Il faut savoir les juger et se garder de les imiter.

LES ŒUFS DE PAQUES DE LA PRINCESSE TURQUOISE

I

Que faites-vous ici, bonne femme?...

— Bonne santé, longue vie et joyeuses fêtes de Pâques à la princesse Turquoise !

Une fillette d'une douzaine d'années, à demi étendue dans un fauteuil, entr'ouvrit les yeux, et ses regards tombèrent sur une petite vieille qui lui présentait une corbeille grossière, dans laquelle était rangée une douzaine d'œufs.

— Que faites-vous ici, bonne femme ? lui dit-elle aigrement.

— Faites excuse, princesse, c'est demain Pâques et je viens vous apporter une douzaine d'œufs tout frais pondus.

— Vous moquez-vous, de m'offrir des œufs pareils ? à moi ! la princesse Turquoise ! Remportez vos œufs, brave femme, à moins que vous ne préfériez aller les déposer à la cuisine où maître Fritoriton, le cuisinier de mon père, en fera une omelette.

— Ne méprisez pas mes œufs, princesse ; entre les mains de Fritoriton il n'en sortirait, il est vrai, que du blanc et du jaune ; mais entre les vôtres, c'est tout différent, et quand vous en aurez ouvert un, vous reconnaîtrez que ce serait grand dommage de les faire servir aux usages culinaires.

— Que contiennent-ils donc, vos œufs ?

— Précisément l'objet dont vous avez besoin au moment où vous les cassez.

— Voyons, voyons, dit la princesse avec vivacité.

— Je vous préviens, reprit la vieille femme en l'arrêtant, que si vous en brisez sans nécessité, vous n'y trouverez que ce que maître Fritoriton lui-même y trouverait. Or, de quoi auriez-vous besoin pour l'instant, si ce n'est de votre bonnet de nuit ? et voilà précisément qu'on vous l'apporte.

En ce moment, en effet, la porte s'ouvrait, et une douzaine de fillettes de l'âge de Turquoise, vêtues toutes de bleu de ciel (c'était la couleur de la princesse, comme l'indiquait son nom), firent leur entrée dans la chambre : une délicieuse chambre d'une élégance presque féerique, tendue de satin bleu recouver. de tulle brodé. Ces fillettes étaient accompagnées d'une femme d'une taille élevée, qu'à sa tenue, aussi bien qu'à son accent, il était facile, dès qu'elle ouvrait la bouche, de reconnaître pour une Anglaise. C'était la gouvernante de la princesse, miss Cold-Bloom ; et nous devons ajouter que si Turquoise était emportée, capricieuse, hautaine, volontaire, etc., etc. (il y avait beaucoup d'et cœtera), on ne devait pas s'en prendre à la vertueuse miss, qui remplissait son office avec autant de conscience qu'en mit jamais fille d'Albion à accomplir un devoir, et qui n'aurait pas demandé mieux que de faire de son élève une jeune personne accomplie.

— Il est l'heure de vous coucher, princesse, dit-elle en s'avançant vers le fauteuil où Turquoise était toujours étendue.

— Celle-ci leva les yeux et regarda autour d'elle.

— La femme ! dit-elle, où est la femme ?

— Quelle femme ? demanda miss Cold-Bloom.

— Celle qui était là tout à l'heure ; la vieille femme qui a apporté ces œufs, dit-elle en désignant la corbeille qui était encore sur la table.

— Une pauvresse sans doute, fit la gouvernante, qui s'est introduite ici pour obtenir quelques sous. Vraiment la police est bien faite ! Allez porter ces œufs à la cuisine, ajouta-t-elle, en s'adressant à une des demoiselles d'honneur.

— N'y touchez pas ! s'écria vivement Turquoise! n'y touchez pas surtout ! Allez voir seulement ce qu'est devenue cette pauvresse, c'est une fée, bien sûr.

— Une fée ! fit miss Cold-Bloom, avec mépris et indignation ; ne vous ai-je pas appris qu'il n'y a pas de fées, et le peu de créance qu'on doit ajouter aux contes de Cendrillon et de Peau-d'Ane, avec lesquels une sotte nourrice vous a bercée ?

— Fée ou non, il n'en est pas moins vrai qu'il faut que cette vieille femme se retrouve.

Miss Cold-Bloom, pour contenter la princesse, envoya deux demoiselles d'honneur à sa recherche ; mais elles revinrent au bout de quelques instants, disant que personne n'avait vu la vieille femme, et que les gardes qui veillaient dans l'antichambre juraient leurs grands dieux qu'il n'était entré personne.

Pendant ce temps les autres fillettes avaient déshabillé la princesse ; puis quand elle fut couchée, toutes se retirèrent sur la pointe du pied, après avoir chanté en chœur, en guise de bonsoir, une berceuse qui eut pour effet immédiat de plonger la princesse dans un profond sommeil, lequel dura jusqu'au lendemain matin.

Elle ne fut pas plus tôt éveillée que le présent de la vieille lui revint à à l'esprit ; elle s'ingénia à chercher ce dont elle pourrait bien avoir besoin, afin de vérifier le pouvoir magique attribué aux œufs ; mais elle eut beau se creuser la tête, tout était si bien ordonné dans le palais, tout arriva si juste à propos, qu'elle n'eut pas sujet de désirer la moindre chose, encore moins d'en avoir besoin.

II

Pâques étant tard cette année-là, la saison était fort avancée ; aussi avait-on formé le projet d'aller goûter dans un petit bois, situé à une lieue du palais. Des domestiques devaient prendre les devants afin de préparer tout ce qui était nécessaire.

A l'heure prescrite, la princesse et sa suite montèrent en voiture. Ne voulant pas se séparer des précieux œufs, et pensant que d'ailleurs il pourrait se faire qu'elle en eût besoin en route, Turquoise en donna un à porter à chacune de ses demoiselles d'honneur.

Le voyage s'effectua fort bien ; la princesse était d'une humeur charmante : ce qui, il faut le dire, ne lui arrivait pas tous les jours ; rien ne manqua au goûter ; enfin tout se passa le mieux du monde. Mais voilà qu'au moment où l'on se préparait à retourner au palais, le tonnerre se mit à gronder ; le ciel se couvrit et un violent orage éclata.

La princesse chercha un refuge sous un arbre, avec ses filles d'honneur, chose par parenthèse fort imprudente quand il tonne, pendant que miss Cold-Bloom, bravant la pluie, allait chercher les voitures. Mais elle eut beau faire le tour du bouquet de platanes derrière lequel on les avait remisées pendant le goûter, et appeler cochers, laquais et valets de pied, en français et en anglais, personne ne lui répondit.

Elle retourna vers la princesse, persuadée que les équipages avaient pris par un autre côté pour la rejoindre ; mais pas plus de voitures là que dans l'endroit d'où elle venait. On devine la fureur de Turquoise ; la princesse ne brillait pas par la patience, et du reste il y avait là de quoi en mettre à l'épreuve une plus robuste que la sienne.

Tout à coup elle s'écria :

— Un œuf ! vite un œuf !

Douze mains, tenant l'objet demandé, se tendirent vers elle.

Turquoise en prit un.

— Il va en sortir bien sûr, se dit-elle en s'apprêtant à le casser, un carosse doré, comme celui de Cendrillon, avec des chevaux gris de souris· et des laquais galonnés sur toutes les coutures.

Le cœur lui battait bien fort, et toutes ses compagnes, y compris miss Cold-Bloom, qui faisait tout ce qu'elle pouvait pour paraître indifférente, n'étaient guère moins émues qu'elle.

Enfin Turquoise, ramassant un caillou, frappa la coquille.

Mais au lieu de ce qu'elle attendait, la princesse en vit s'échapper...

Elle se brisa aussitôt ; mais au lieu de ce qu'elle attendait, la princesse en vit s'échapper...

Quoi donc ?

Un parapluie, deux parapluies, trois parapluies, et ainsi de suite jusqu'à quatorze. Puis une paire de caoutchoucs, deux, trois, quatre, cinq, quatorze paires de caoutchoucs ; treize petites et une grande. Puis un nombre égal de waterproofs, assortis de taille aux caoutchoucs.

Ces objets s'élancèrent de l'œuf avec une telle rapidité, et en décrivant des sauts et des cabrioles si comiques, que les fillettes ne purent s'empêcher de pousser des éclats de rire, tout en courant après les objets qui arrivaient si à propos.

Mais la princesse, elle, ne riait pas.

— Est-ce qu'on s'imagine que je vais fourrer mes pieds dans ces ignobles objets ou porter ces guenilles ! s'écria-t-elle en montrant les caoutchoucs et les manteaux, qui pourtant semblaient tout neufs. Ce n'est pas cela que je voulais, c'était une voiture !

— Une voiture aurait été encore plus commode, c'est possible, dit miss Cold-Bloom. Mais la fée, comme vous l'appelez, ne vous a pas promis de satisfaire vos désirs : elle vous a promis seulement de vous donner ce dont vous auriez besoin. Or, avec un manteau, un parapluie et des caoutchoucs, on peut braver tous les temps.

Prêchant d'exemple, la gouvernante eut en un moment endossé le manteau le plus grand, chaussé les caoutchoucs assortis et déployé l'un des parapluies ; les fillettes l'imitèrent gaiement, et la princesse, après avoir bien maugréé et tempêté, dut se résigner à faire comme elles, fort irritée néanmoins contre la fée qui la forçait à aller à pied par ce mauvais temps, elle, la princesse Turquoise, comme une simple mortelle.

On se mit en route ; la princesse de fort mauvaise grâce, comme on peut le croire. Elle serait sans doute restée dans les même dispositions tout le long du trajet, si une de ses demoiselles d'honneur ne s'était laissée choir au beau milieu d'une mare de boue, ce qui eut pour effet de faire partir Turquoise d'un bel éclat de rire. Il faut dire que cet accès de gaieté ne dura pas longtemps ; car, peu après, comme elle-même marchait sur le bord d'une ornière large et profonde, le pied lui manqua si bien qu'elle s'y étala tout de son long.

Si les fillettes d'honneur éclatèrent de rire à leur tour, ce qui n'eût été que justice, l'histoire est muette sur ce point et nous sommes porté à croire qu'elles n'en firent rien, car elles étaient mieux élevées que leur maîtresse ; mais nous n'oserions affirmer qu'elles n'aient pas échangé entre elles des coups d'œils malicieux et qu'un léger sourire n'ait pas couru sur leurs lèvres roses en voyant la princesse en si piteux équipage.

On finit pourtant par regagner le palais, où les voitures n'avaient pas encore paru, quoiqu'elles eussent eu dix fois le temps d'y retourner. Qu'étaient-elles devenues ? On se livrait à mille conjectures lorsqu'elles arrivèrent. Les cochers jurant leurs grands dieux qu'ils n'avaient pas quitté le lieu qu'on leur avait assigné et les valets de pied qu'ils avaient couru de tous côtés à la recherche de la princesse et de sa suite.

III

Turquoise n'eut pas beaucoup de loisir pour faire ses réflexions au sujet de la disparition des voitures et de ce qui en était résulté ; il y avait bal à la cour ce soir-là et il était temps de songer à s'habiller. La princesse monta dans sa chambre pour jeter un coup d'œil sur la toilette qu'elle avait commandée : robe lamée d'argent, toute semée de perles et garnie de dentelles si fines qu'elles semblaient faites de toiles d'araignée. La ceinture et le diadème, destinés à entourer sa taille et ses cheveux blonds, devaient être composés de turquoises.

« Voilà une toilette bien lourde pour danser, direz-vous, et qui ne convient guère à l'âge de la fillette qui va la porter. » C'est aussi mon avis ; mais que voulez-vous ! elle ne m'a pas consulté.

— Où est ma robe ? s'écria Turquoise en arrivant dans sa chambre, et en s'adressant à la caமériste qui avait le gouvernement de ses atours.

— La couturière vient de l'apporter, princesse, répliqua la caமériste; la voil...

La parole expirait sur ses lèvres ; la robe avait disparu du lit où elle venait de la poser quelques instants auparavant.

— Ma robe? ma robe? répétait la princesse.

— Je n'y comprends rien, elle était là.

— Je ne la vois pas, toujours, répliqua aigrement Turquoise.

— Il faut qu'un voleur se soit introduit ici pendant que j'apprêtais dans le cabinet de toilette les souliers de satin de Votre Altesse, balbutia la pauvre dame d'atours.

— Ma robe ! il me faut ma robe ! répétait Turquoise avec colère et le visage enflammé.

La dame d'atours sortit toute éplorée de la chambre, et parcourut tout le palais en quête de la précieuse toilette ; mais personne n'en avait connaissance ; les douze filles d'honneur de la princesse et la grave miss Cold-Bloom elle-même se livrèrent aux mêmes recherches avec aussi peu de succès, et retournèrent fort penaudes auprès de Turquoise.

Celle-ci ne cessait de crier, de frapper du pied, envoyant promener tout ce qui se trouvait sous sa main, brisant les porcelaines, renversant les encriers, arrachant les dentelles des rideaux. Elle était, enfin, dans un état de fureur indescriptible.

— Mettez une autre robe, dit miss Cold-Bloom, vous n'en manquez pas.

— Hélas ! fit la dame d'atours, je dois avouer à la princesse que toutes ses autres robes ont disparu en même temps que sa nouvelle.

— Ainsi, je vais être forcée de renoncer au bal ! s'écria Turquoise, de plus en plus furieuse. — Forcée de renoncer au bal ! répétèrent avec consternation les douze filles d'honneur, parlant pour elles-mêmes autant que pour leur maîtresse : car elles se disaient que si Turquoise n'allait pas à la fête, elles ne pourraient y aller non plus. Pourtant on ne leur avait pas enlevé leur toilettes à elles : des toilettes toutes neuves, pas si riches bien sûr que celle de la princesse, mais si jolies !

— Si la princesse cassait un œuf ? suggéra Myosotis, celle des compagnes de Turquoise qu'elle aimait le mieux et à laquelle elle permettait quelquefois d'avoir une autre idée qu'elle-même.

— Un œuf ! répéta Turquoise avec amertume. A quoi bon ? Pour y trouver encore des parapluies et des caoutchoucs !

— Essayez, insista Myosotis.

Pour dire vrai, la princesse n'avait guère d'autre parti à prendre. Elle brisa un œuf.

Les filles d'honneur poussèrent une exclamation de joie en en voyant sortir une toilette de bal, et même une toilette de très bon goût. Je suis sûr du moins que tel eût été votre avis : une robe de fine mousseline blanche n'ayant d'autre ornement qu'une ceinture de satin bleu et une guirlande de pâquerettes, une vraie toilette de jeune fille. Mais, oh! humiliation! cette robe n'était-elle pas en tout semblable à celle des filles d'honneur de Turquoise! Est-ce qu'il était admissible que la princesse ne fût pas mieux mise qu'elles?

Néanmoins, comme il fallait se résoudre à se contenter de cette parure ou à se coucher, la princesse eut bientôt pris son parti. Elle mit la robe, fut trouvée charmante par tout le monde, et pour cette fois très sincèrement, dansa jusqu'au jour et s'amusa comme elle ne s'était jamais amusée ; ce qui prouve bien, comme le lui dit miss Cold-Bloom, et comme elle finit par le reconnaître, que la toilette ne fait pas le bonheur, ni même le plaisir.

IV

Le lendemain, vers midi, la princesse ouvrit un œil et se fit apporter son chocolat. Elle trouva qu'il ne valait rien, qu'il était amer ; y rajouta un, deux, trois morceaux de sucre sans parvenir à le rendre meilleur. Elle finit par le renvoyer sans en avoir pris seulement la moitié, si bien qu'une heure après, se sentant l'estomac fort creux, elle se fit servir à déjeuner ; mais quoique Fritoriton eût fait de son mieux, la princesse ne put manger une bouchée et sortit de table ayant toujours aussi faim.

— Ce Fritoriton ne fait plus que d'affreuses ratatouilles ! s'écria-t-elle avec dépit. Il faudra que je prie le roi mon père de changer de cuisinier, autrement je mourrai d'inanition.

— Seriez-vous malade ? demanda miss Cold-Bloom avec intérêt.

— Eh non ! je ne suis pas malade, mais je le deviendrai pour sûr si je ne mange pas!

— Peut-être dans un œuf... dit timidement Myosotis.

— C'est vrai ! s'écria la princesse ; comment n'y ai-je pas pensé ? Quoique...

— Quelles friandises la princesse va-t-elle trouver là-dedans ? se demandaient les petites demoiselles d'honneur, songeant chacune à ce qu'elle aimait le mieux ; qui, du pâté ; qui, du poulet rôti ; qui, des meringues, de la crème à la vanille, une glace à la pistache, etc., etc. Oh ! il faudra que ce soit bien succulent pour réveiller son appétit.

L'œuf fut cassé ; il n'en sortit ni pâté, ni poulet, ni meringues, ni glace, ni crème, mais une simple tartine, si longue, si longue qu'on pensait n'en jamais voir le bout. Oui, une simple tartine, une tartine de pain bis, pas tendre encore, et recouverte d'une épaisse couche de fromage blanc : vous savez, de ce fromage qu'on appelle aussi fromage à la pie.

— Qu'est-ce que ce peut être que cela ? se demanda la princesse qui n'avait jamais vu ni pain bis ni fromage mou. Elle n'y eut pas plus tôt porté la dent qu'elle s'écria :

— Oh ! mais c'est exquis ! A la bonne heure ! Ce n'est pas Fritoriton qui me ferait jamais faire un pareil régal. Oh ! l'excellente chose !

Et comme après tout Turquoise n'était pas aussi égoïste qu'on aurait pu le croire, elle voulut faire partager sa satisfaction à toutes ses petites compagnes. L'une après l'autre donc toutes mordirent à sa tartine, qui, du reste, était encore assez longue pour satisfaire son appétit.

— Que ce pain est donc délicat et cette crème exquise ! ne cessait de répéter la princesse en continuant son repas ; je n'ai jamais rien mangé de si bon !

— Ce pain est loin d'être délicat et ce fromage que vous appelez de la crème est loin d'être exquis, dit sentencieusement miss Cold-Bloom. Il vous était arrivé ce qui arrive à ceux qui se laissent aller à la gourmandise et surtout qui mangent trop de sucreries. Vous aviez perdu l'appétit ; cet aliment simple vous l'a rendu ; il vous a même paru exquis, parce qu'il diffère essentiellement de ce que vous êtes habituée à manger.

Turquoise était fort aise d'avoir fini par déjeuner, ce qui ne l'empêcha pas, aussitôt que la tartine eut complètement disparu, de se demander à quoi elle allait employer sa journée.

Elle avait bien des jeux de toutes sortes, car tous les fabricants de l'empire s'ingéniaient à en confectionner chaque jour de nouveaux ; seulement il en était de leurs inventions comme des ragoûts de maître Fritoriton ; elle ne les avait pas plutôt dans les mains qu'elle en était dégoûtée. Ne sachant que faire elle n'eut donc pas d'autre ressource que de s'étendre dans un fauteuil et de bâiller à se démonter la mâchoire ; mais bâiller, chacun le sait, n'est pas une occupation des plus divertissantes. Pendant que Turquoise s'y livrait, ses yeux tombèrent sur le panier aux œufs, qui trônait toujours sur la table. Elle s'en fit apporter un. Celui qu'elle avait cassé une heure avant l'avait si bien servie ! sans doute, il en serait de même cette fois.

Elle le brisa donc, et alors elle vit sortir une petite machine qui lui était tout à fait inconnue et qui vint se placer devant elle, de telle façon que le pied de Turquoise se posa tout naturellement sur une planchette qui en avait la forme. Elle appuya ; alors la planchette s'abaissant et se relevant tour à tour fit mouvoir une grande roue d'ivoire, à laquelle elle était reliée par une cordelière de soie bleue. A côté de la roue se dressait une baguette, d'ivoire aussi, comme toute la petite machine, sur laquelle était attachée, à l'aide d'un ruban de satin, une touffe de laine blanche comme la neige.

Toutes les fillettes s'approchèrent pour considérer l'objet sorti de l'œuf.

— Le joli jouet ! s'écrièrent-elles.

— Ce n'est pas un « jouet », dit miss Cold-Bloom, toujours sans se dérider, mais un « rouet », c'est-à-dire une machine à filer.

Alors, prenant la place de Turquoise, elle plaça le bout de la quenouille dans sa ceinture, en tira quelques brins de laine et les roula délicatement entre ses doigts, pendant que la roue, mise en mouvement par son pied, tournait vivement. En moins de rien, ces fils courts et inégaux se trouvèrent changés en un fil égal et continu. Les fillettes émerveillées la regardaient faire attentivement.

La princesse voulut essayer; elle ne réussit pas d'abord, mais elle finit par y parvenir assez bien ; cependant au bout d'une heure elle dit qu'elle était fatiguée, qu'elle avait mal à la tête.

— Cela vient de ce que vous n'avez pas l'habitude du travail, et j'ose dire que ce n'est pas ma faute, car Dieu sait que j'ai fait tous mes efforts pour vous l'inculquer, dit miss Cold-Bloom.

En faisant sortir un rouet de l'œuf lorsque vous ne saviez que faire, la fée (il faut bien que je finisse par croire aux fées) a voulu vous montrer que le meilleur remède contre l'ennui était le travail. Vous l'avez bien vu vous-même, car aucun jouet ne vous a jamais autant intéressé que cette machine à filer.

Et en effet, jamais jusque-là on n'avait vu la princesse se livrer une heure de suite à la même occupation ou simplement au même jeu.

— Cet égal, répliqua-t-elle, bâillant de nouveau, pour l'instant je ne serais pas fâchée de faire autre chose que de faire tourner cette roue.

Miss Cold-Bloom soupira ; son élève, décidément, n'était pas encore devenue laborieuse.

V

L'orage de la veille n'ayant pas laissé de traces, Turquoise se décida pour une petite promenade à cheval.

Un quart d'heure après, douze jolis chevaux, à la robe noire luisante, tout pomponnés aux couleurs de la princesse, piaffaient dans la cour. Ils étaient destinés aux filles d'honneur de Turquoise, qui devait monter, elle, une petite jument, blanche comme la neige, légère comme un chevreuil, douce comme un agneau, et qu'à cause de cela précisément on appelait Agnelette. Sa housse de velours bleu brodée de perles et sa crinière soyeuse, tressée de rubans, la rendaient digne, en effet, de servir de monture à une princesse de conte de fée. Les fillettes se mirent gaiement en selle, toujours accompagnées de miss Cold-Bloom, montée sur un grand cheval gris, qu'elle faisait manœuvrer le plus facilement du monde, à l'aide de quelques mots anglais qui, au ton dont ils étaient prononcés, auraient pu passer pour des jurons, si on n'avait su que la digne miss ne laissait jamais de telles paroles sortir de ses lèvres.

Mais si miss Cold-Bloom gouvernait facilement sa monture, il n'en était pas de même de Turquoise ; non qu'elle fût maladroite ou qu'Agne-

Les fillettes se mirent gaiement en selle...

lette manquât de docilité et d'intelligence. Cela venait simplement de ce que la petite princesse ne savait jamais ce qu'elle voulait. Par exemple, elle lâchait la bride à sa jument qui, croyant bien faire, prenait un temps de galop et emportait sa maîtresse entre les haies fleuries et verdoyantes. Tout à coup Turquoise tirait les rênes à elle d'un mouvement brusque, sans s'inquiéter de savoir si elle faisait souffrir la pauvre bête, arrêtée dans son élan ; puis elle la frappait à coups redoublés pour qu'elle reprît son allure. Quelquefois même elle confondait sa droite avec sa gauche, tirait la bride du mauvais côté, et châtiait le joli animal quand il ne faisait que lui obéir. Ce jour-là elle était particulièrement capricieuse, si bien qu'Agnelette, quelque habituée qu'elle fût aux manières fantasques de sa maîtresse, ne savait plus où elle en était.

Turquoise, emportée par la course, était arrivée à un endroit du chemin où une haie barrait le passage. Elle voulut la faire franchir à sa monture ; mais la pauvre bête, épuisée par le galop effréné qu'elle venait de fournir, refusa de tenter l'effort qu'on attendait d'elle, ne s'en sentant pas la force et craignant de compromettre la sûreté de la petite amazone.

Turquoise était trop hors d'elle-même pour comprendre les raisons de la résistance d'Agnelette.

— Je voudrais bien savoir, s'écria-t-elle, qui de nous deux est la maîtresse ! Oui, je voudrais le savoir !

Alors, faisant rebrousser chemin à sa jument, elle la força de reprendre le galop, la frappant si rudement de sa cravache que le petit objet se brisa dans sa main.

Alors, ne sachant plus ce qu'elle faisait, Turquoise saisit ce qui restait de la cravache par la lanière et frappa rudement avec la tête, ornée de pierres fines, la croupe de la jument. Le sang jaillit et vint tacher la robe blanche d'Agnelette, qui, bondissant sous la douleur, s'élança par-dessus la haie et retomba lourdement de l'autre côté sans connaissance.

Turquoise, qui n'avait reçu aucune blessure, se releva bien vite. En voyant Agnelette les yeux mourants, elle poussa des cris lamentables. Ils firent accourir sa suite, qui avait pris un chemin tournant la haie, que la princesse aurait bien pu prendre aussi. Les demoiselles d'honneur mêlèrent leurs lamentations à celles de leur maîtresse, car le joli cheval était aimé de toutes les fillettes. Que faire pour le soulager ?

— Un œuf ! dit une voix.

— Oui, oui, fit la princesse, un œuf ! vite un œuf !

L'œuf fut cassé, et aussitôt on en vit sortir un petit personnage, tout de noir habillé, avec un tablier blanc devant lui, et suivi de deux autres, portant un grand sac de cuir. Alors le premier des personnages, qui n'était autre qu'un chirurgien, comme on le vit bientôt, s'approcha d'Agnelette et l'examina avec attention. Puis, sur un signe, les autres ouvrirent le sac de cuir et en tirèrent toutes sortes d'instruments d'acier, des fioles, du linge, etc. En quelques instants, Agnelette, qui avait eu une épaule démise et une jambe brisée, était si bien pansée qu'il ne lui restait presque plus que le souvenir de sa chute, et que le chirurgien déclara que la princesse pouvait se remettre en selle pour retourner au château, en la ménageant toutefois.

Cependant Turquoise n'y voulut jamais consentir, pas plus qu'à prendre le cheval d'une de ses compagnes ou à monter en croupe derrière miss Cold-Bloom, comme la gouvernante le lui avait proposé. Elle voulut revenir à pied, tenant Agnelette par la bride, afin de lui choisir le meilleur chemin.

— On aurait pu casser encore un œuf, dit Myosotis; peut-être y aurait-on trouvé un cheval pour la princesse.

Elle voulut revenir à pied.

Mais quand même on l'eût voulu, on n'eût pu avoir recours à ce moyen, car les derniers œufs avaient disparu.

C'est que Turquoise n'en avait plus besoin; l'accident arrivé par sa faute à sa jument favorite l'avait guérie de son orgueil et de son emportement. N'étant plus orgueilleuse, elle veut bien écouter les conseils, et comme elle ne manque ni de cœur ni d'intelligence, elle sait les mettre à profit. Aussi je ne doute pas que miss Cold-Bloom ne finisse par réaliser son rêve et par récolter le fruit de ses efforts en faisant de Turquoise une princesse accomplie.

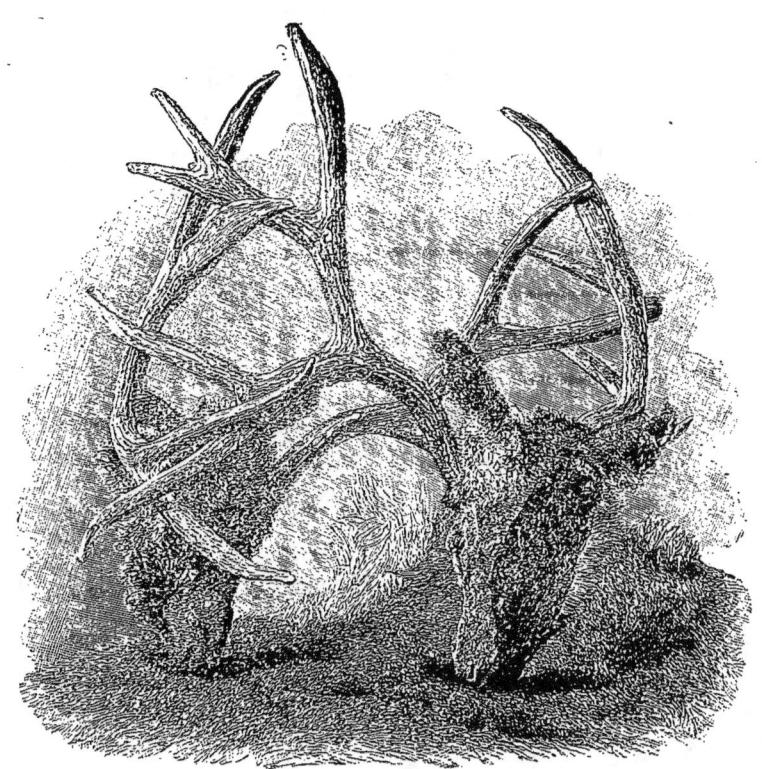

Et il ne resta plus que leurs cornes.

LES SUITES D'UNE QUERELLE

Deux cerfs habitaient la même forêt.

Ils se rencontrèrent une fois dans une partie du bois qui était toute couverte de thym parfumé et de bruyère fleurie.

Ils se connaissaient déjà pour s'être querellés : car tous deux avaient un caractère jaloux et ombrageux.

— Je te défends de paître ici, dit l'un d'eux à son camarade, d'un ton menaçant.

— Si tu goûtes à cette herbe, répliqua le second, tu auras affaire à moi.

— Ai-je donc besoin de ta permission, reprit le premier avec arrogance, pour manger ce qui me plaît.

Et il s'avança fièrement vers l'autre cerf.

Tous deux commencèrent par se défier du regard, puis s'élancèrent l'un sur l'autre avec fureur, tête baissée et les cornes en avant.

Et savez-vous ce qui arriva?

Les cornes des deux animaux se prirent les unes dans les autres et s'accrochèrent si bien ensemble qu'il leur fut impossible de se séparer.

En vain ils tirent de toutes leurs forces, se donnant des secousses terribles : ils ne parviennent qu'à s'attacher plus fortement ensemble.

Ils avancent de quelques pas, ils reculent, toujours liés par la tête, s'entraînant et se repoussant tour à tour.

Ils creusent le sol de leurs pieds dans leur rage impuissante; les mousses et les bruyères sont arrachées; de tous côtés volent la terre et les cailloux.

Les deux cerfs demeurèrent ainsi tout le jour, toute la nuit et toute la journée du lendemain, à pousser des cris de rage ou de détresse, qui retentissaient au loin dans la forêt, sans que personne, bêtes ou gens, vînt leur porter secours.

Puis ils tombèrent sur la terre côte à côte, épuisés par les efforts qu'ils avaient faits pour se dégager.

Et alors la faim les saisit, et ils firent entendre des gémissements de douleur.

Puis ces gémissements se changèrent en plaintes indistinctes, qui devinrent de plus en plus faibles, jusqu'à ce qu'elles s'éteignissent tout à fait : car les deux cerfs finirent par mourir d'inanition, à la place même où ils s'étaient pris de querelle.

Et leurs corps devinrent la proie des loups et des autres animaux carnassiers, qui dispersèrent leurs os, et il ne resta plus que leurs cornes qui paraissaient soudées les unes aux autres.

LA CENDRILLON ITALIENNE

Buvez, buvez, gentils canards.

Il n'y a pas qu'en France que le personnage de Cendrillon soit connu, il l'est aussi dans beaucoup d'autres pays, et vous ne serez pas fâchés, j'en suis sûr, que je vous raconte les aventures de la Cendrillon italienne, que vous pourrez ainsi comparer à la nôtre.

Il était une fois un homme et une femme qui avaient deux filles dont l'aînée était plus belle que l'autre. La mère n'aimait que la première, et tous les matins elle envoyait la plus jeune promener des canards aux champs, tout en filant une livre pesant de chanvre. Le reste du temps, la jeune fille restait assise dans le coin de la cheminée, et à cause de cela on l'appelait Cendrillon.

Un matin qu'elle promenait ses canards comme de coutume, elle arriva près d'une mare et, pour les encourager à s'y plonger, elle se mit à leur chanter :

Buvez, buvez, gentils canards,
Cette eau qui s'offre à vos regards
Si la trouvez fraîche et limpide.
Si la trouvez bourbeuse, acide,
Ne buvez pas, gentils canards.

A peine avait-elle fini de chanter qu'elle vit paraître une petite vieille.

— Que faites-vous là ? demanda-t-elle à Cendrillon.

— On m'a envoyé garder les canards et filer cette livre de chanvre, répondit la jeune fille.

— Et qui vous a envoyée ?

— C'est ma mère.

— Envoie-t-elle quelquefois votre sœur garder les canards ?

— Non, jamais.

— Vraiment ? Eh bien alors, ma chère fille, je veux vous faire un cadeau, poursuivit la vieille femme. Prenez ce peigne et peignez vos cheveux.

Cendrillon fit ce que la vieille femme lui ordonnait. Elle peignit ses cheveux blonds, qui étaient très beaux, et il en tomba en abondance du grain sur lequel les canards se jetèrent avec avidité. Pendant qu'ils se régalaient à leur aise, Cendrillon passait son peigne sur l'autre côté de sa chevelure, et cette fois ce ne fut plus du grain qui s'en échappa, mais bien des perles, des diamants et des rubis. Chaque nouveau coup de peigne faisait tomber de nouvelles pierres précieuses à ses pieds.

La vieille femme lui dit de les ramasser et lui donna une boîte pour les mettre, en lui recommandant de les bien cacher dans son armoire. Puis elle frappa la quenouille de Cendrillon avec la baguette qu'elle avait à la main, en prononçant quelques paroles, et le chanvre qui y était enroulé fut filé à l'instant même et parfaitement filé.

— A présent rentrez chez vous, dit-elle à Cendrillon fort étonnée et éblouie de ce qu'elle avait vue, et revenez chaque jour ici ; vous m'y trouverez.

Cendrillon retourna à la maison et s'assit sans rien dire dans le coin de la cheminée selon son habitude. Le lendemain elle retourna près de la mare où elle trouva la vieille femme qui fila sa quenouille de la même manière que la veille, et qui lui donna son peigne pour qu'elle peignit ses cheveux. Les jours suivants tout se passa de même.

Un matin, après que son chanvre eût été filé, la vieille femme lui dit :

— Écoutez bien ce que je vais vous dire. Cette nuit le prince donne un bal et y a invité votre père, votre mère et votre sœur. On vous demandera, par manière de plaisanterie, si vous voulez y venir. Répondez que vous ne vous en souciez pas. Maintenant prenez ce petit oiseau, cachez-le dans votre chambre, et ce soir, quand tout le monde sera parti dites-lui :

> Oiseau vert, mon oiseau joli,
> Comme toi, rends-moi belle aussi.

Aussitôt vous serez habillée pour le bal ; prenez cette baguette, frappez-en la terre, et un carrosse apparaîtra. Vous irez à la fête, personne ne vous reconnaîtra et le prince dansera avec vous. Seulement, ayez soin, quand on entrera dans la salle du souper, de remonter en carrosse et de vous échapper de manière à ce que personne ne puisse vous suivre. Arrivée chez vous, adressez-vous de nouveau à l'oiseau et dites-lui :

> Oiseau vert, mon oiseau joli,
> Rends-moi laide, mon cher ami.

Et vous vous retrouverez comme auparavant, vous retournerez à votre coin dans la cheminée et vous ne direz rien.

Cendrillon prit l'oiseau, l'emporta chez elle, le cacha dans son armoire, et quand le soir fut venu elle fit ce que la vieille femme lui avait ordonné. A peine eut-elle dit :

> Oiseau vert, mon oiseau joli,
> Comme toi, rends-moi belle aussi.

qu'elle se vit transformée en une belle princesse vêtue magnifiquement et couverte de pierreries. Elle monta dans un brillant carrosse qui l'attendait à là porte, alla au bal, et dansa avec le prince, qui lui déclara qu'elle était la plus ravissante princesse de la terre, mais aussitôt que vint l'heure du souper, ainsi que le lui avait ordonné la vieille femme, elle monta dans son équipage et partit.

Quand le prince ne la vit plus, il ordonna à ses serviteurs de la chercher de tous côtés, mais ils ne purent la découvrir.

Espérant qu'elle reviendrait s'il donnait un autre bal, le prince annonça à ses convives qu'il leur offrirait une fête semblable la nuit suivante, et les invita tous à s'y rendre.

Quand le père, la mère et la sœur de Cendrillon rentrèrent, ils trouvèrent la jeune fille assise comme de coutume au coin du feu.

Ils lui parlèrent du bal.

— Il était splendide, dit la mère. Il y avait une dame surtout qui peut passer pour un miracle de beauté. Personne ne sait qui elle est. J'aurais voulu que vous la vissiez.

— Cela m'est indifférent, dit doucement Cendrillon.

— Il y aura un autre bal à la cour ce soir, dit la mère ; si vous le désirez, vous pouvez y venir.

— Non, je vous remercie ; je suis très bien au coin de mon feu.

Le matin suivant, Cendrillon sortit avec les canards, ainsi qu'elle le faisait chaque matin ; elle rencontra la vieille femme qui lui dit de retourner le soir au bal en s'y prenant de la même manière que la veille, de partir aussi au moment du souper, et, si elle était suivie quand elle quitterait le palais, de jeter quelques pièces de monnaie par la portière du carrosse.

Chaque chose se passa ainsi que la soirée précédente. Cendrillon s'adressa à l'oiseau, qui la para mieux encore si c'est possible que le premier jour ; elle arriva au bal, où le prince fut ravi de la voir, et, de peur qu'elle s'éclipsât comme la nuit d'avant, il ordonna à ses serviteurs de ne pas la quitter des yeux. Aussi quand elle monta dans son carrosse, ils s'élancèrent à sa poursuite ; mais elle leur jeta tant et tant d'argent qu'ils s'arrêtèrent pour le ramasser, de sorte qu'ils la perdirent de vue.

Le prince, désolé, fut obligé de donner un troisième bal, dans la pensée de la revoir.

Au retour, la mère de Cendrillon lui parla de nouveau du bal ; mais celle-ci n'eut pas l'air de l'écouter, comme si la chose lui était indifférente. Le matin venu, elle alla selon sa coutume promener ses canards et trouver la vieille femme.

— Toute chose a bien marché jusqu'à présent, dit celle-ci ; mais écoutez, ce soir vous aurez un habit tout couvert de clochettes d'or et des pantoufles d'or aussi. Les serviteurs du prince courront encore après vous ; jetez-leur une pantoufle et de l'argent, afin qu'ils ne puissent découvrir où vous demeurez.

Les serviteurs la suivirent.

Quand la nuit vint et que Cendrillon fut seule dans la maison, le petit oiseau la revêtit d'habits plus magnifiques encore que les précédents, tous couverts de sonnettes d'or, et lui mit aux pieds des petites pantoufles d'or qui étaient une merveille. Le prince dansa toute la nuit avec elle et en fut de plus en plus charmé. Quand elle regagna son carrosse, les serviteurs la suivirent comme les autres fois, mais ils ne firent pas attention à l'argent. Un d'eux pourtant se baissa pour ramasser la pantoufle. Quand ils virent où le carrosse s'était arrêté, ils revinrent et le dirent au prince, qui les récompensa richement.

Le lendemain, Cendrillon sortit avec les canards et alla trouver la vieille femme, qui lui dit :

— Il faut vous dépêcher ce matin, car le prince va venir chez vous.

Elle lui donna le peigne, et pendant que la jeune fille se peignait, elle fila sa quenouille, puis elle la renvoya bien vite.

Aussitôt que sa mère la vit, elle lui dit :

— Pourquoi venez-vous si tôt ce matin ?

— Voyez combien les canards sont gros et gras ; ils n'ont plus besoin de manger, répliqua Cendrillon.

La mère, voyant qu'en effet ils étaient gros et gras, n'eut plus rien à dire.

Cendrillon était à peine rentrée que le prince arriva avec tous ses équipages et frappa à la porte.

Le père, la mère, la fille aînée, voyant quelle était la personne qui venait leur faire visite, coururent lui ouvrir.

Quant à Cendrillon elle était allée trouver son oiseau qui en une seconde l'habilla de nouveau de l'habit aux clochettes d'or, mais il ne lui donna qu'une pantoufle.

Pendant ce temps le prince demandait au père :

— Combien de filles avez-vous?

— Une, seulement : la voici, dit-il en montrant l'aînée.

— Vous n'en avez pas d'autres?

— Je vous demande pardon ; j'en ai une autre, mais dont je suis honteux. Elle est toujours assise dans le coin de la cheminée et couverte de cendres.

— N'importe, faites-la venir, dit le prince.

Le père appela :

— Cendrillon ; descendez pour un moment.

On entendit alors dans l'escalier ting, ling! ting, ling! ting, ling! c'étaient les petites sonnettes d'or qui tintaient à chaque marche.

— Voyez la sotte, dit la mère, elle traîne la pelle et les pincettes après elle!

Mais ils demeurèrent tous comme frappés de la foudre, quand ils virent apparaître Cendrillon dans sa merveilleuse toilette.

— Voilà celle que je cherche! s'écria le prince. Elle a perdu une de ses pantoufles d'or ; voyons si celle qu'on a trouvée va à son pied.

Il tira alors de sa poche la pantoufle ramassée par son serviteur ; il la donna à Cendrillon, qui rougit, la mit et reconnut que c'était la sienne.

Le prince alors demanda sa main, et le père et la mère ne purent pas dire non.

Cendrillon emporta son petit oiseau, ainsi que toutes les richesses qu'elle avait reçues de la vieille femme et suivit le prince. Ils eurent des noces splendides et ils traitèrent aussi bien le père, la mère et la sœur aînée de Cendrillon que s'ils avaient toujours été bons pour elle.

LE CŒUR DE L'HIVER

Voici l'hiver : le vent souffle dans les grands arbres dépouillés ; il ploie leurs rameaux, les agite et les secoue, en faisant entendre des gémissements lugubres. La campagne a perdu sa parure de fleurs et de feuillages. Plus de fraises dans les bois, de mûres dans les haies, de noisettes dans les taillis. Le ruisseau a cessé de couler, le moulin se tait, et de grosses masses de glaçons pendent à sa roue qui reste immobile. Dans les corridors, des musiciens invisibles exécutent des mélodies bizarres, où les gammes chromatiques montent, descendent et s'entre-croisent. La girouette grince sur le toit, les volets battent. La terre est noire, le gazon gris flétri et jonché de feuilles tombées. De gros nuages courent dans le ciel, si épais, qu'on s'imagine que le soleil est mort et qu'on ne le verra plus jamais, jamais.

Mais voilà que de ces nuages gris et lourds tombent de légers flocons blancs qui se posent sur la terre noire, sur le gazon flétri, sur les feuilles tombées, et peu à peu les couleurs ternes qui attristaient le regard disparaissent sous une couche blanche et brillante qui réjouit l'œil. La neige s'attache aux branches des arbres, aux moindres rameaux, et leur donne l'aspect de plumes légères. Elle couvre la barrière du jardin, les appuis des fenêtres, le banc de la cour. Elle se fixe au feuillage des sapins qui bientôt formeront comme de vastes parasols. Médor s'est retiré dans sa niche, d'où il regarde mélancoliquement tomber la neige, et les enfants, eux aussi, ont collé leur visage à la fenêtre, sur les vitres claires de laquelle leur petite bouche rose envoie un léger nuage qui les ternit.

Ils contemplent ce spectacle avec joie et impatience; car lorsque la neige aura fini de tomber, ils iront jouer sur le joli tapis blanc qu'elle aura étendu sur la terre. C'est bien amusant, n'est-ce pas, de courir dans la neige, d'y enfoncer des petits pieds, bien chaussés de grosses bottes fourrées; de s'envoyer des balles qui éclatent en atteignant leur but; de lancer un traîneau sur une pente douce; ou bien, muni de patins, de décrire de savants dessins sur une surface bien unie; entendez-vous d'ici les éclats de rire de ceux qui se livrent à ces exercices?

La nuit est venue, on rentre avec de belles joues bien rouges, des yeux bien brillants, le cœur tout joyeux, et l'on raconte à sa mère les exploits du jour.

Dans la chaumière, on se réunit pour le repas du soir. Un bon feu brille dans la cheminée, et pendant que la marmite bout doucement dans les cendres chaudes, le grand-père raconte une histoire. Les enfants demeurent attentifs : elles sont si jolies les histoires de grand-père!

Mais écoutez! On a frappé à la porte. Tous prêtent l'oreille; un second coup bien timide succède au premier. La mère va ouvrir.

La neige s'est remise à tomber en flocons épais et serrés, le vent souffle par rafales. Sur le seuil, balayé soigneusement tout à l'heure et de nouveau blanchi, se tient une pauvre fille, une orpheline qui grelotte sous ses minces vêtements.

— Quoi! c'est toi, Geneviève, dit la bonne paysanne; que fais-tu ici à cette heure? Pourquoi as-tu quitté la maison de ta maîtresse?

— Hélas! je n'ai plus de maîtresse; elle est morte voilà trois jours; ses héritiers m'ont chassée de la maison. En attendant que je retrouve une autre place, que devenir? J'étais allée au cimetière demander conseil à ma pauvre mère qui y repose depuis un an; la neige m'a chassée.

— Entre, entre, ma pauvre Geneviève, dit la bonne paysanne. Il y a place pour toi à notre foyer et à notre table. Les filles bonnes et courageuses trouvent toujours des amis. C'est ta mère qui t'a inspiré la pensée de frapper à notre porte. Entre, tu as retrouvé une famille.

La Campagne a perdu sa Parure de Fleurs et de Feuillages.

Écoutez donc bien et faites comme moi.

LE PETIT JOUEUR DE FLUTE

— Gentils oiseaux, qui chantez si gaiement dans le grand arbre, apprenez-moi vos jolies chansons.

Et le petit Rémy levait la tête vers un pinson qu'on apercevait à peine entre les branches d'un gros accacia, et qui faisait entendre sa roulade habituelle.

L'enfant tenait à la main une flûte, que son grand frère lui avait fabriquée avec un roseau.

Comme si l'oiseau avait compris la prière du petit garçon, il redit complaisamment sa phrase musicale.

Rémy aussitôt approcha de ses lèvres l'instrument rustique et essaya de reproduire les notes qu'il venait d'entendre; mais bien peu d'entre elles s'échappèrent par les trous percés dans le tube et la plupart y demeurèrent enfermées.

— Ce n'est pas cela! murmura avec dépit l'enfant qui, depuis un quart d'heure déjà, prenait cette leçon de musique.

Et il recommença.

Patiemment aussi le professeur improvisé répéta sa ritournelle, et dix fois, et vingt fois, sans se lasser.

Sans se lasser aussi Rémy continua à souffler dans son tuyau.

Après bien des efforts, il parvint à produire quelques fragments de phrase qui, tant bien que mal, ressemblaient à la chanson de l'oiseau.

Tout fier du résultat obtenu, car, comme bien d'autres, il possédait un grand fonds d'indulgence pour lui-même, Rémy s'en alla joyeusement le long du jardin, envoyant de tous côtés les notes de la joyeuse mélodie, s'arrêtant pour la dire en passant aux roses et aux papillons qu'il rencontrait sur son chemin.

En manière de remerciement, les roses lui envoyaient une bouffée de leurs plus doux parfums et les papillons faisaient chatoyer les brillantes couleurs de leurs ailes.

Il arriva près de la mare, où s'ébattait tout une flotille emplumée.

Le père Canard et la mère Cane s'avançaient en tête, fendant l'eau de leur large poitrail bronzé, d'où le soleil tirait des reflets verts et or. Une nombreuse famille de canetons, vêtus encore de duvet jaune pâle, les suivait en se pressant autour d'eux et en faisant entendre de bruyants couans-couans.

Ils nageaient au plus vite pour gagner le bord, car pour tous, même pour les petits, nés de quelques jours à peine, la présence de Rémy était ordinairement le signal d'un succulent repas. Chaque matin l'enfant venait partager avec les habitants de la mare le pain de son goûter.

Mais, cette fois, le petit garçon avait tout autre chose en tête. Manger! il s'agissait bien de manger! Est-ce qu'un artiste pense à ces misères!

Il s'étendit tout de son long sur le gazon qui bordait la petite pièce d'eau, le corps appuyé sur les coudes, son chapeau de paille rejeté en arrière, porta de nouveau la flûte à ses lèvres, et alors, sérieux comme un maître en face de ses écoliers, couvant d'un regard profondément attentif la gent aquatique réunie autour de lui, il répéta de son mieux la chanson qu'on venait de lui enseigner.

— Couan, couan, couan! répliqua en chœur la famille canetone.

— Ce n'est pas cela, nigauds, fit Rémy; écoutez donc bien et faites comme moi.

Mais il eut beau dire et redire la gentille roulade, les canards n'y répondirent que par des couans-couans de plus en plus accentués.

— N'êtes-vous pas honteux de chanter si mal? s'écria le petit garçon avec impatience.

Honteux! ils n'y pensaient guère. Ils se rengorgeaient au contraire, battaient de l'aile et, dans leur langage peu harmonieux, ils semblaient dire à Rémy :

— Et nous aussi nous connaissons la musique!

Ce n'était pas l'avis de Rémy. A bien des reprises et avec autant de patience que le pinson en avait mis à l'instruire lui-même, il répéta sur son chalumeau la phrase qu'il voulait enseigner à son auditoire, mais il n'en put tirer autre chose que les notes discordantes de son langage habituel.

— Quelles sottes bêtes vous faites! s'écria enfin le maître en colère et à bout d'haleine. Vos couans-couans m'écorchent les oreilles. Vous ne serez jamais musiciens !

Non, les canards ne seront jamais musiciens, car Dieu ne les a pas créés

ainsi. Ce sont des animaux, et, comme la plupart des animaux, ils son
incapables de recevoir de l'instruction. Le pinson, lui, sait une gentill
petite chansonnette ; mais cette chansonnette, le premier pinson que Dieu
créa la savait et tous les pinsons qui ont vécu depuis la création du
monde la répètent sans en changer une note. Ils n'en connaissent pas
d'autres.

Il n'en est pas de même des enfants. Quoiqu'ils ne sachent pas en
naissant de jolies ritournelles comme les oiseaux, ils leur sont bien
supérieurs. Rémy n'imite que très imparfaitement maintenant la voix et le
chant du pinson, cependant peut-être deviendra-t-il un jour un grand
musicien. Les enfants peuvent apprendre, si les animaux ne le peuvent
pas ; ils doivent s'efforcer de le faire, afin de devenir tous les jours plus
sages, plus instruits et meilleurs. Cette différence entre eux et les
animaux vient de ce qu'ils ont un cœur pour sentir, une intelligence pour
comprendre et, de plus, une âme créée à l'image de Dieu. Les animaux,
eux, ne possèdent rien de tout cela ; ils n'ont que de l'instinct ; ils ne
savent que ce qui est nécessaire à leur conservation. — C'est pourquoi
les canards ne seront jamais musiciens.

UN VOYAGE AU JAPON

Le jour de la mi-carême s'était très bien passé pour Pascaline. Elle mettait pour la première fois le joli costume que son grand cousin, l'officier de marine, lui avait rapporté de Yédo. Vraiment on aurait dit une petite Japonaise pur sang.

Ce costume, qui lui allait à ravir, se composait d'une première jupe de satin cramoisi tombant jusqu'à des babouches de maroquin jaune. Une seconde robe plus courte, bleu de ciel, brodée de fleurs aux couleurs éclatantes, était serrée à la taille par une riche ceinture, qui formait par derrière un nœud volumineux. Dans les cheveux de la fillette, relevés sur le sommet de la tête, étaient fichées de longues aiguilles d'or. Je le répète, on aurait dit une véritable petite Japonaise.

Ses amies étaient venues passer la journée avec elle. On avait fait une superbe dînette, terminée par un thé, servi dans un service de porcelaine que le cousin de Pascaline lui avait rapporté du Japon en même temps que son costume.

Elle vit devant elle quatre personnages.

La petite fille était occupée à ranger toutes les mignonnes pièces qui le composaient dans des boîtes de laque, lorsque tout à coup, en levant les yeux, elle vit devant elle quatre personnages qui lui étaient inconnus.

Ces quatre personnages portaient des costumes qui ressemblaient au sien, mais beaucoup moins élégants. L'un d'eux tenait un parasol à long manche et tout ouvert ; ce qui pourra paraître singulier dans un salon ; mais l'ascaline n'était plus dans le salon.

Leurs toits carrés se recourbaient.

Elle se trouvait dans un lieu où elle n'était jamais venue et où tout avait un air extraordinaire, bien différent de ce qui était familier à ses yeux. Les maisons ne ressemblaient en rien à celles qu'elle connaissait, leurs toits carrés se recourbaient en se redressant aux angles. Elles paraissaient si légèrement construites, qu'il semblait que le moindre coup de vent dût les emporter. Les voitures, les animaux, les ponts, tout ce qu'on voyait dans la campagne avait des formes bizarres. Il n'était pas jusqu'au ciel et aux arbres qui ne fussent d'une couleur inusitée. Les uns étaient roses ou lilas et les autres avaient des tons bleuâtres qu'ils n'ont pas coutume d'avoir chez nous.

Les ponts avaient des formes bizarres.

En voyant ces quatre personnages se montrer ainsi tout à coup, Pascaline avait voulu crier, appeler au secours ; mais impossible : la voix s'était arrêtée dans son gosier. Un des hommes la prit par le bras sans qu'elle fût capable de faire la moindre résistance.

Comme il pleuvait.....

— Allons, Pascaline ! dit-il.

A la manière dont cet homme prononça son nom, la fillette le vit aussitôt dans son esprit orthographié d'une manière toute différente de celle que jusqu'ici elle avait cru la bonne. Ce n'était plus Pascaline : c'était Pass-Khâh-Lin.

Quelques autres hommes, au milieu desquels on voyait un cheval chargé de ballots de marchandises, vinrent se joindre à ceux dont nous avons parlé, ce qui porta la petite troupe à huit.

Comme il pleuvait, chacun chaussa des sortes de patins très élevés et étendit son parapluie.

Un pont de bambou se voyait à peu de distance.

Après avoir marché quelque temps, nos voyageurs arrivèrent sur les bords d'une rivière. Un pont de bambou se voyait à quelque distance; mais sans doute les con-

Ils détachèrent le bateau.

ducteurs de Pass-Khâh-Lin ne se souciaient pas d'aller jusque là. Un bateau, ou jonque, était attaché à un arbre. Ce bateau non plus ne ressemblait à aucun de ceux que Pass-Khâh-Lin avait vu naviguer ailleurs. Les deux extrémités en étaient relevées en pointe, et la petite fille se rappela en avoir admiré de semblables pour la forme, mais en ivoire découpé à jour, chez un marchand de curiosités du boulevard.

Les étrangers détachèrent le bateau, y firent monter Pass-Khâh-Lin, puis le cheval, puis tous les hommes l'un après l'autre. Alors l'un d'eux, s'armant d'un aviron, fit avancer le bateau, qui se mit à glisser tout doucement sur une rivière aux eaux couleur d'azur.

On hissa Pass-Khâh-Lin sur le cheval.

Lorsqu'on fut parvenu de l'autre côté, on hissa Pass-Khâh-Lin sur le cheval; on la couvrit d'un grand manteau et d'un grand chapeau, car il continuait à pleuvoir, et l'on se mit de nouveau en marche.

Quoique la pauvre enfant fût livrée aux plus tristes réflexions, elle en

D.

4

était forcément distraite par tout ce qu'elle voyait sur son passage. C'é-
tait d'abord une quantité de mendiants, d'un aspect plus misérable les

uns que les autres, car dans le pays que par-
courait ainsi malgré elle notre petite amie,
les richesses ne sont pas mieux distribuées
qu'ailleurs. Ces malheureux tendaient la
main de chaque côté de la route. Pass-Khâh-
Lin vit avec plaisir un des personnages qui
l'accompagnaient s'approcher de l'un de

Les malheureux tendaient la main...

ces mendiants et lui donner quelques pièces d'argent. Elle
en conclut qu'il n'était pas méchant, ce qui la rassura un peu.
« Un homme charitable, se dit-elle, ne voudrait pas faire de
mal à une pauvre petite fille sans défense comme moi ; »
et elle commença à avoir moins peur de ses compagnons.

Elle vit ensuite venir vers eux un autre mendiant dégue-
nillé, qui ouvrait une bouche grande comme un four pour
solliciter la commisération des passants. Mais c'est en vain
qu'il s'adressait à Pass-Khâh-Lin ; elle aurait eu grand plaisir
à lui donner quelque chose, car il était vraiment dans un état

Il ouvrait une
bouche grande
comme un four.

à faire pitié, mais elle chercha vainement sa bourse ;
le joli costume japonais n'avait pas de poche.

Plus loin, Pass-Khâh-Lin aperçut un homme, perché sur de hauts patins, qui, de cet équipage bran-
lant, jonglait avec des tasses, des carafes et des soucoupes, qu'il lançait en l'air et qu'il recevait sur le nez. Il
se livrait à cet exercice avec une telle adresse que la
fillette serait volontiers restée quelque temps à le regarder. Jamais aucun faiseur de tours ne l'avait autant amusée. Par malheur, ses conducteurs ne sem-

De cet équipage bran-
lant...

blaient pas y prendre un aussi vif plaisir qu'elle-même
et continuèrent leur route, ce qui n'empêcha pas Pass-
Khâh-Lin de suivre des yeux l'habile jongleur aussi longtemps qu'elle
le put.

On voyait encore sur la route des hommes portant leurs denrées au marché dans des sacs fixés aux deux bouts d'un bâton jeté sur l'épaule, à peu près comme chez nous les porteurs d'eau montent à leurs pratiques leur provision liquide. Ils marchaient en se dandinant d'une manière plaisante, qui procura encore une agréable distraction à Pass-Khâh-Lin.

Un homme portant ses denrées...

Leur figure au teint jaune, aux yeux allongés en pointes, disparaissait presque entièrement sous leurs immenses chapeaux ronds en forme de corbeille renversée.

De temps en temps aussi on rencontrait une femme avec son bébé sur le dos; on aurait dit que l'enfant était dans une hotte. Sa petite tête sortait de derrière la tête de sa mère et produisait le plus singulier effet.

— Voilà une drôle de façon de porter les enfants, se dit Pass-Khâh-Lin; puis, remarquant que le petit personnage paraissait fort à son aise, elle en vint à penser que cette manière n'était peut-être pas plus mauvaise qu'une autre.

Une femme avec son bébé.

En continuant leur route, ils arrivèrent près d'une autre rivière très impétueuse. Ils la traversèrent sur un pont qui, comme se le disait Pass-Khâh-Lin, avait plus l'air d'un toit que de tout autre chose. Au delà était un groupe de maisons. On y fabriquait de la porcelaine, et un homme, accroupi par terre, était occupé à épousseter et à ranger sur un plateau des tasses et des théières qui, au grand étonnement de la fillette,

Au delà était un groupe de maisons.

ressemblaient à s'y méprendre à celles dont son cousin lui avait fait cadeau.

Pass-Khâh-Lin était très fatiguée, ce qui n'est pas étonnant après un voyage aussi rapide, et d'ailleurs elle n'était pas habituée à monter à cheval.

Par bonheur son guide lui montra, à peu de distance, une petite

Il était occupé à épousseter...

construction à laquelle on arrivait par un chemin tournant :

— C'est là que nous allons, dit-il, c'est votre maison; nous y serons bientôt.

La petite fille se mit alors à considérer le lieu où ils se rendaient.

Une maison! Pouvait-on appeler cela une maison?

Ce petit pavillon, perché sur une plate-forme, à laquelle on parvenait par un escalier d'une douzaine de marches, et qui se composait d'un toit, supporté par de minces poteaux, lui faisait le plus drôle d'effet du monde.

Elle en avait vu de semblables sur des paravents ou des potiches; mais était-il bien possible de se loger là?

Cette maisonnette ne paraissait guère plus solide qu'un château de cartes, et il sembait à Pass-Khâh-Lin qu'il lui suffirait de souffler dessus pour la jeter par terre.

Quoi qu'il en soit, elle avait vu depuis le commencement de son voyage tant de choses extraordinaires qu'elle ne s'étonnait plus de rien.

Ce petit pavillon, perché sur une plate-forme...

On atteignit bientôt cette habitation, les conducteurs de Pass-Khâh-Lin, avec toutes sortes de saluts et de génuflexions, l'aidèrent à descendre, puis ils lui firent visiter la maison du haut en bas et dans les plus grands détails, ce qui ne demanda guère plus d'un coup d'œil; puis les hommes se retirèrent et la laissèrent livrée à ses pensées.

Elles étaient de plus en plus affligeantes. Le souvenir de son père, de sa mère et de ses sœurs se présentait à son esprit et remplissait son cœur d'amertume. Etait-elle donc séparée pour toujours de ces êtres chéris ? Ne reverrait-elle jamais son pays, toutes les personnes qu'elle aimait ? Où étaient-ils et où était-elle elle-même ? Dans quelle partie du monde l'avait-on transportée ? Elle n'en savait rien et n'avait aucune idée de la distance qui la séparait de Paris et de la maison de ses parents.

Elle quitta le pavillon et alla s'asseoir sur le bord d'une rivière qui coulait à peu de distance.

Là se jouaient de jolis poissons rouges ou dorés, tels que ceux qu'elle avait dans son aquarium chez sa mère. Pass-Khâh-Lin prit une longue tige de jonc, la replia en deux, et s'en fit une ligne; mais au lieu d'hameçon elle attacha au bout qui trempait dans l'eau un morceau d'une sorte de gâteau de riz que lui avaient donné ses compagnons. Elle aurait été bien fâchée de faire mourir les jolies créatures; elle cherchait seulement à se distraire de ses chagrins en leur procurant un petit régal, car pour

Pass-Khâh-Lin prit une longue tige de jonc.

elle, elle n'avait pas le moindre appétit et ne se sentait nullement disposée à profiter des provisions qu'on lui avait laissées.

Les petits poissons reconnaissants s'empressèrent de faire honneur au repas qui leur était offert de si bon cœur, mais voilà que pendant que la pauvre Pass-Khâh-Lin les regardait, avec mélancolie et plaisir tout à la fois, se partager les miettes du gâteau, il lui sembla que les petites bêtes tiraient la ligne à elles.

Elle voulut résister; impossible, les cyprins tiraient toujours, et tiraient avec une telle force que la fillette, entraînée malgré elle, se sentit glisser sur la berge de la rivière sans pouvoir se retenir.

C'était la première fois, je pense, qu'on voyait le poisson pêcher le pêcheur.

Pass-Khâh-Lin ouvrit les doigts pour lâcher le roseau; mais il était comme rivé à sa main. La fillette voulut crier, appeler au secours : aucun son ne sortit de son gosier. En vain elle cherche à s'accrocher

aux herbes du rivage, les poissons dorés continuent à l'entraîner. Tout
à coup elle fait un plongeon formidable ; les vagues tournoient au-dessus
de sa tête. Elle tente un violent effort pour regagner le bord, parvient
à prononcer un cri de détresse et se retrouve... où?... dans le salon de
sa mère, qu'elle n'avait jamais quitté. Les petites tasses et les soucoupes
étaient toujours devant elle, sur la table, attendant qu'elle finît de les
remettre en place.

Pascaline s'était endormie en les rangeant. Elle avait fait au Japon
un voyage imaginaire.

Il aimait à égayer son travail d'une petite chanson.

SANS-SOUCI, L'APPRENTI APOTHICAIRE

— Qu'est-ce que tu as, imbécile, à chanter comme cela, au lieu de penser à ton ouvrage?

Ces paroles s'adressaient à un grand garçon, occupé à agiter en cadence un pilon dans un mortier de marbre, et celui qui les prononçait était maître Droguinos, apothicaire de la rue des Cinq-Diamants, étroite ruelle du quartier des Lombards, lequel était en ce temps-là celui des droguistes.

— Mais vous le voyez bien, patron, j'y pense à mon ouvrage, répondit le jeune homme ainsi interpellé, en suspendant sa chanson, sans pour cela interrompre le mouvement de son pilon.

— Avec tes ramages perpétuels, j'ai toujours peur que tu ne fasses quelque sottise, et que tu ne composes une médecine de ta façon qui envoie mes pratiques *ad patres.*

C'était, en effet, un garçon de joyeuse humeur que l'apprenti de maître Droguinos, aussi l'avait-on surnommé Sans-Souci, et si les malades pour lesquels il manipulait des drogues, d'après les ordonnances des médecins, avaient pu voir sa mine réjouie, ils eussent été guéris sur-le-champ, à moins pourtant qu'ils ne fussent morts de jalousie.

Maître Droguinos n'était pas d'un caractère aussi heureux; il formait même un contraste frappant avec son élève. Sa figure renfrognée, son humeur quinteuse, auraient suffi pour donner la fièvre ou pour rendre hypocondre; non seulement il ne chantait jamais, mais il ne voulait pas que les autres prissent ce plaisir, et, pour sa part, il n'en avait aucun à les entendre. Sans-Souci était le seul garçon qu'il eût jamais pu garder chez lui. Grâce à sa gaieté, le jeune garçon s'accommodait des façons difficiles de son maître, et, en dépit des gronderies et des rebuffades, il conservait sa belle humeur.

Ce n'est pas que maître Droguinos eût tout à fait tort, par exemple, quand il accusait son apprenti d'étourderie; plus d'une fois déjà, en composant un médicament quelconque, il lui était arrivé de mêler mal à propos des drogues qui n'étaient nullement faites pour se rencontrer, mais cela ne l'avait pas rendu plus attentif.

Il aimait à égayer son travail d'une petite chanson; c'était plaisir d'entendre le pilon frapper le mortier en mesure et accompagner la voix du jeune apprenti. Certes, il n'y a pas de mal à chanter, et enlever un pilon pour le laisser retomber une seconde après n'est pas une occupation tellement intéressante qu'elle vous absorbe tout entier; mais le malheur c'est que, quand Sans-Souci chantait, il ne pensait plus qu'à cela. Si la chanson célébrait les plaisirs champêtres, parlait de prairies émaillées de fleurs, de bois ombreux, d'eaux murmurantes, Sans-Souci quittait en idée la sombre boutique de la rue des Cinq-Diamants, pour se promener dans les bois, cueillir des fleurs dans la prairie ou s'asseoir au bord des ruisseaux.

C'était le lundi particulièrement que ses pensées faisaient ainsi l'école buissonnière. Il était allé passer le dimanche à la campagne, et le souvenir des plaisirs de la veille lui revenait à l'imagination, augmenté des plaisirs qu'il se promettait le dimanche suivant. Il jouissait ainsi par l'espérance et par le souvenir.

C'était donc un lundi matin de l'année 1679, si j'ai bonne mémoire, que son patron manifestait son impatience de la manière que nous avons rapportée.

— Voilà comme on se fait du tort dans son commerce! continua-t-il. Un apothicaire a besoin d'être sérieux; il ne doit pas se donner l'air d'une tête à l'évent. Est-ce lorsqu'on est chargé d'exécuter les ordonnances de Messieurs de la Faculté qu'on doit se permettre de chanter ou de rire?

— Le fait est, répliqua Sans-Souci, que, si on y réfléchissait, il y aurait plutôt là sujet de pleurer. Mais que voulez-vous, notre maître, je ne suis qu'un instrument, moi; qu'un instrument passif. Et puis d'ailleurs les médecins ne tuent pas toujours leurs malades; quelquefois même, ils les guérissent.

— Oh! c'est bien rare! et c'est justement ce dont je me plains; car, enfin, tant qu'un malade vit il peut prendre des médicaments, tandis que, quand il est mort!...

— C'est vrai. Adieu la pratique; c'est pourquoi, maître Droguinos, il n'y a peut-être pas toujours grand mal à se tromper dans les ordonnances; qui sait si le malade ne s'en trouve pas mieux.

Maître Droguinos n'avait pas entendu la remarque irrévérencieuse de Sans-Souci; une cliente entrait au même moment.

C'était une vieille femme qui apportait une ordonnance destinée à un malade souffrant depuis longtemps déjà d'une fièvre intermittente. Cette fièvre le prenait tous les jours à trois heures sonnant. Tous les jours aussi le médecin ordonnait une nouvelle dose d'un médicament fort en vogue à cette époque pour couper les fièvres, et dont je ne vous dirai pas le nom de peur de l'écorcher; cependant le malade n'éprouvait aucun soulagement. Cette fois la dose devait être encore plus forte que d'habitude; si forte que le docteur avait hésité avant de la prescrire, et qu'en lisant l'ordonnance l'apothicaire avait eu un geste d'étonnement.

— Dépêchez-vous de faire ces pilules afin que monsieur puisse les prendre avant son accès, dit la vieille femme en quittant la boutique.

— Tu as entendu? dit maître Droguinos à son apprenti; dépêche-toi et tu iras porter cela aussitôt que ce sera prêt. Il ne faut pas faire attendre M. de la Toupinière; c'est une de mes meilleures pratiques, et, grâce au docteur Mathéus, j'espère qu'il le sera longtemps encore. Quant à moi, je suis obligé de me rendre à cette conférence où l'on doit discuter la meilleure manière d'administrer certain remède.

Dès que son maître fût parti, Sans-Souci se mit à l'ouvrage. Il choisit un petit mortier de porcelaine, et après avoir pesé avec soin les substances indiquées, il en déposa une partie au fond du mortier. Il plaça les autres devant lui pour les amalgamer avec les premières quand le moment serait venu.

D'abord tout entier à sa besogne, il demeura silencieux; mais bientôt, l'habitude prenant le dessus, il se mit à fredonner, puis, comme lorsque le maître n'était pas là, à chanter à pleine voix.

Les pilules demandaient une longue manipulation, mais la chanson était longue aussi. Tout en chantant, Sans-Souci incorporait à sa pâte les matières qui devaient y entrer. Quand elle lui parut avoir atteint le degré de consistance suffisante, il la divisa en petites portions égales; puis, après les avoir enduites d'une mince feuille d'argent, il courut les porter chez le malade qui les attendait avec impatience.

Lorsque Sans-Souci revint dans la boutique, il se mit en devoir de ranger les fioles et les bocaux dont il s'était servi. Comme il allait remettre en place une boîte contenant de la gomme en poudre dont il avait eu à user en assez grande proportion pour donner de la consistance à ses pilules et qu'il n'avait pas pesé, — car c'est une substance inoffensive, — il s'aperçut avec étonnement que la boîte était intacte; elle n'avait pas même été ouverte. En revanche, la petite spatule d'ivoire, qui aurait dû lui servir à la prendre, reposait dans une boîte voisine et presque pareille, contenant une poudre grisâtre. Évidemment il avait employé cette poudre en guise de gomme. La boutique était sombre et un épais brouillard avait aidé à son erreur.

Sans-Souci tourna cette boîte de tous côtés; il ne la reconnaissait pas pour appartenir à la maison. Tout à coup, il se souvint qu'un savant, ami de maître Droguinos, l'avait apportée le matin même, et qu'à ce sujet il avait parlé mystérieusement au patron. Comment celui-ci l'avait-il laissée là? C'est ce que nous ne nous chargerons pas d'expliquer. En se rappelant cette circonstance, l'épouvante prit le garçon apothicaire. Cette poudre serait-elle cette fameuse « poudre de succession » dont la Brinvilliers, quelques années auparavant, s'était servie pour se débarrasser de parents qui ne mourraient pas assez vite à son gré!

Sous l'empire de cette idée, le pauvre garçon ne fit qu'un saut de la boutique à la maison de M. de la Toupinière.

— Les pilules! dit-il tout effaré à la garde qui vint lui ouvrir, les pilules que j'ai apportées tout à l'heure?

— Eh bien! quoi, vos pilules? Monsieur en a déjà pris une demi-douzaine. Si on l'avait laissé faire, il aurait avalé toute la boîte.

La stupeur coupa d'abord la parole à Sans-Souci. Quand il la retrouva ce fut pour demander ce qui en restait.

— Pourquoi faire? dit la garde avec étonnement. Est-ce que vous avez peur qu'on ne vous les paye pas vos pilules?

Et comme Sans-Souci insistait, sans pouvoir se décider à dire ce qu'il redoutait et en balbutiant des paroles sans suite :

— Le pauvre garçon est devenu fou! dit la vieille femme, et elle lui ferma la porte au nez.

Sans-Souci, en dépit de son nom, que justifiait bien cette fois son étourderie, revint à la boutique la mort dans l'âme, bien résolu à tout avouer à maître Droguinos, dans l'espérance qu'il parviendrait à retirer les funestes pilules et peut-être à trouver un palliatif à celles qui avaient déjà été prises. Mais maître Droguinos ne revenait pas; la conférence se prolongeait. Une heure, deux heures se passèrent : personne. Trois heures même venaient de sonner à l'horloge de Saint-Jacques-la-Boucherie, lorsque tout à coup le docteur Mathéus se précipita dans la boutique, avec toutes les apparences d'une émotion extraordinaire.

Il tenait la boîte de pilules.

— Où est maître Droguinos? demanda-t-il tout essoufflé.

— Grâce! monsieur, grâce! fit Sans-Souci, se jetant à ses pieds. Grâce! c'est moi qui ai tout fait!

— Toi! mon garçon! s'écria le docteur Mathéus en relevant l'apprenti apothicaire et en le pressant sur sa poitrine. C'est toi qui as composé ces pilules.

Sans-Souci demeura un instant sans pouvoir répondre.

— Oui, balbutia-t-il enfin.

— Mais qu'y as-tu mis? Car je l'ai reconnu en les examinant : il y a là dedans quelque chose que je n'ai pas ordonné et qui m'est inconnu.

En parlant ainsi, il prit une pilule dans la boîte et la plaça sur sa langue pour la déguster.

Sans-Souci, épouvanté, le tira par la manche de sa robe.

— Eh bien! qu'est-ce qui te prend? dit tranquillement le médecin.

— Mais... c'est du poison!... fit l'apprenti.

— Du poison! Allons donc! Un poison qui vient de couper la fièvre de mon malade à la première absorption; ce que je n'avais pas pu obtenir depuis trois mois.

— Alors, vous ne venez donc pas pour...

— Je viens te complimenter, mon ami, te remercier, et encore une fois te demander ce que tu as mis là-dedans.

Sans-Souci conta sa méprise et montra la boîte. Le médecin la prit, regarda le contenu, en prit au bout de son doigt, et il allait le porter à ses lèvres, lorsque maître Droguinos rentra.

On le mit au courant de l'affaire.

Cette poudre, qui venait de produire un effet si merveilleux, était de la poudre de quinquina, encore inconnue en France, et dont Louis XIV venait d'acheter le secret à un Anglais pour le répandre dans son royaume.

C'est la première fois qu'une étourderie avait produit un si heureux résultat.

LES CONCLUSIONS DE JEANNIE

J'avais justement envie d'un chapeau
comme celui-là.

— Oh! ma chère, quel joli chapeau! vois donc, des plumes, des fleurs, des dentelles! est-ce que je sais? Il y en a toute une pyramide!

— Oui, dit Félicie faisant son possible pour ne pas regarder, mais ne pouvant cependant pas s'empêcher de jeter un coup d'œil sur la superbe coiffure de la majestueuse Mme Raucourt, comme elle entrait dans son banc à l'église.

— Oh! elle a bien des actions de grâces à rendre à Dieu, elle, n'est-ce pas? continua Jeannie.

— Pourquoi? demanda tout bas Félicie.

— Elle a à remercier pour tant de choses, reprit Jeannie avec un soupir, en jetant les yeux sur ses propres vêtements fanés. J'avais justement envie d'un chapeau comme celui-là, exactement comme celui-là.

— Mais tu serais un véritable épouvantail avec un chapeau pareil, allait dire Félicie; toutefois, elle retint ces paroles ainsi que le sourire qui allait lui échapper, car elle n'était pas venue à l'église pour causer. Elle se recula un peu dans son banc.

Jeannie se rapprocha d'elle.

— Est-ce que tu trouves, dit-elle tout bas à son amie, que j'ai des actions de grâces à rendre, moi, pour les simples habits que je porte?

J'ai été bien heureuse quand je les ai mis pour la première fois.

— Maman dit que c'est quelquefois parce que Dieu nous aime qu'il ne nous accorde pas de trop belles choses. Il est bien bon déjà de nous donner ce qu'il nous donne.

— Il me semble, moi, qu'il aurait bien pu me donner une plus jolie robe, comme celle de Laure par exemple.

— Ne parle pas ainsi, dit Félicie avec un regard mécontent. Dieu entend tout ce que tu dis.

— C'est vrai, je n'y pensais pas, dit Jeannie en tournant les yeux de tous côtés avec inquiétude comme pour s'assurer si Dieu l'écoutait en effet. Peut-être, se dit-elle pour se rassurer, ne m'a-t-il pas entendu. Tant de personnes, dans ce moment, lui parlent à fois. Mais je t'assure, Félicie, que je ne sais vraiment pas de quoi le remercier, reprit-elle au bout d'un instant, à moins que ce ne soit pour mes souliers neufs.

— C'est déjà une bonne chose d'avoir des souliers neufs. Il y en a tant qui n'en ont que de troués ou même qui n'en ont pas du tout.

— Oh! j'ai été bien heureuse quand je les ai mis pour la première fois.

Quand ton petit frère Georges a été rétabli...

— Tu vois bien. Et quand ton petit frère Georges a été rétabli, n'as-tu pas eu sujet encore de remercier Dieu?

— C'est vrai.

— Et quand ton père a obtenu ces travaux qui ont mis l'aisance dans le ménage? souffla Félicie.

— Ah! j'oubliais cela.

— Et quand cette dame charitable a donné à ta mère ces broderies qu'elle lui a payées si cher?

— Je n'y pensais plus.

— Grâce à cela, vous n'avez manqué de rien pendant toute cette année.

— Nous n'avons pas manqué du nécessaire, c'est vrai, mais nous n'avons jamais eu de friandises.

— Ne te souviens-tu pas non plus, continua Félicie, sans faire attention à la remarque de son amie, du jour où tu t'es perdue dans les bois et où l'on t'a retrouvée?

— Oh oui, j'ai été si malheureuse ce jour-là, mais j'ai bien remercié la personne qui m'a ramenée à la maison, je t'assure.

Ces travaux qui ont mis l'aisance dans le ménage.

— Maman dit que c'est Dieu qui a mis dans le cœur de cette personne la pensée de te rendre service.

J'ai été si malheureuse ce jour-là.

— Eh bien! je ne songeais pas à tout cela, et si je dois être reconnaissante à Dieu des bienfaits de cette sorte, j'en trouverai une quantité. Il y a..... il y a la galette dont le boulanger nous a fait cadeau au jour de l'an.

— Chut! murmura Félicie en poussant doucement Jeannie à genoux.

— Il y a encore le chemin de fer que la marraine de Georges lui a donné, ce qui m'a fait bien plaisir, continua Jeannie, qui semblait ne plus pouvoir s'arrêter, mais qui cependant, presque aussitôt, joignit ses petites mains brunes avec la résolution de rester tranquille et de prier avec ferveur.

Félicie essaya de suivre le service divin avec attention; mais, malgré elle, des désirs, qu'avaient fait naître les remarques de Jeannie, s'élevaient dans son esprit au sujet de ses vêtements, bien fanés eux aussi, et la moindre ondulation des plumes de Mme Raucourt distrayait son attention et présentait à son esprit une foule d'idées, qui peut-être n'avaient rien de répréhensible en elles-mêmes, mais qui, en ce moment, dans le lieu où elle se trouvait, étaient tout à fait déplacées et devenaient même coupables.

— J'ai remercié Dieu pour tout ce que j'ai reçu, dit Jeannie à sa compagne, comme toutes deux se relevaient; oui, pour tout, même pour les plus petites choses; mais, dis-moi, Félicie, n'espères-tu pas un jour avoir à le remercier pour un chapeau comme celui de Mme Raucourt?

— Je n'irai plus à l'église avec toi, répliqua

Dont le boulanger nous a fait cadeau au jour de l'an.   Félicie.

— Pourquoi? je t'assure que j'ai très bien prié Dieu, excepté quand je levais les yeux, et alors je ne pouvais pas m'empêcher de penser au chapeau.

Félicie fronça le sourcil et secoua la tête, en donnant un coup de coude à Jeannie pour la rappeler à son devoir; mais celle-ci ne fit pas semblant de la comprendre.

Elle s'assit, le dos appuyé au banc, les yeux levés vers les vitraux peints de l'église, mais les reporta bientôt sur le chapeau de Mme Raucourt.

— Regarde donc les plumes, Félicie, chuchota-t-elle de nouveau, comme elles s'agitent, comme elles ondoient. A-t-on jamais rien vu de pareil?

Le chemin de fer que la marraine de Georges lui a donné.

Félicie regarda en dépit d'elle-même et en ce moment la dame au chapeau ayant, elle aussi, tourné la tête, les traits hautains de Mme Raucourt, avec leur expression dédaigneuse, se trouvèrent en pleine lumière.

— Je comprends mainte a t ce que maman voulait dire, pensa Félicie : c'est d'avoir de si beaux chapeaux et de si riches habits qui rend les visages si désagréables. Oui, je me rappelle maintenant ce que maman dit des beaux habits : souvent ils rendent le cœur orgueilleux, et un cœur orgueilleux enlaidit la figure. Alors la petite fille se consola aussitôt de n'avoir que de simples ajustements. Le combat qu'elle venait de livrer dans son cœur était terminé, et elle se sentait si tranquille qu'elle communiqua ses pensées à sa voisine dans l'espoir que Jeannie obtiendrait le même résultat.

Les traits hautains de Madame Raucourt, avec leur expression dédaigneuse...

De nouveau Mme Raucourt tourna la tête ; elle promena un regard de souverain mépris sur toute l'assistance et l'arrêta un moment sur les deux amies sans qu'il s'adoucît.

Jeannie joignant les mains sur sa poitrine...

Alors Jeannie joignant les mains sur sa poitrine que couvrait sa simple robe de toile :

— Oh ! Félicie, s'écria-t-elle, j'aime mieux porter toujours un capuchon de tricot et une robe fanée que d'avoir un chapeau comme celui de Mme Raucourt, si mon visage doit ressembler au sien.

LA GRAND'MÈRE

Pendant longtemps je ne m'étais pas occupée de grand'mère. Je m'imaginais que, parce que les grand'mères s'habillent à la vieille mode et ne vont pas dans le monde, elles ne peuvent avoir rien de commun avec nous autres enfants, qu'elles sont incapables de s'intéresser à ce qui nous concerne, n'ont besoin de jouissances d'aucune sorte, et qu'il est dans leur nature d'être assises dans un grand fauteuil toute la journée, pour tricoter du matin au soir. Se demander à quoi pensait une grand'mère ne pouvait jamais venir à l'esprit de personne : c'est-à-dire à l'esprit d'enfants étourdis qui ne songeaient qu'à s'amuser, comme mes sœurs et moi nous le faisions alors.

Grand'mère vivait avec nous, car mon père était son fils unique. Nous avions une vague idée qu'elle aidait ma mère à raccommoder les habits de la famille, qu'elle tricotait des bas d'hiver pour nous et quelques paires aussi pour les sociétés de charité. Nous nous imaginions que nous l'aimions et nous ne lui manquions jamais absolument, car nous étions bien élevées ; chaque soir et chaque matin nous lui présentions notre front à baiser ; mais cela avec indifférence et simplement pour remplir un devoir. Quant à elle, c'était une de ces âmes paisibles qui n'apportent jamais aucun trouble nulle part, mais qui suivent leur chemin si tranquillement que c'est à peine si vous vous apercevez qu'elles sont dans la maison. Ma mère lui tenait souvent compagnie ; mais nous, fillettes d'une douzaine d'années, occupées de nos petites affaires, nous y songions rarement.

Ma sœur Ellen tomba malade : c'était la plus jeune de nous quatre. Elle fut longtemps en danger. Pendant bien des jours, nous demeurâmes dans la plus vive anxiété. Mon père et ma mère la veillèrent tour à tour ; grand'mère aussi ; mais je ne songeai pas à lui en faire un grand mérite, car elle-même avait dit qu'elle passait souvent de longues heures sans dormir. Quoi d'étonnant alors à ce qu'elle restât près d'Ellen ? Je gardai cette manière de voir pendant plusieurs jours encore.

Enfin le médecin annonça que ma sœur était hors de danger et allait entrer en convalescence. Ce jour-là grand'mère, qui l'avait veillée jusqu'au matin, reprit sa place accoutumée dans le parloir et se remit à son tricot. Quand j'entrai dans cette pièce, il était déjà tard ; le soleil descendait sur l'horizon au milieu de nuages de pourpre et d'or, qui envoyaient un reflet lumineux sur le front de grand'mère.

Alors elle m'apparut pour la première fois telle qu'elle était en réalité.

Elle venait de remercier Dieu de l'heureuse issue de la maladie de sa petite-fille ; les paroles bénies semblaient encore errer sur ses lèvres. Sa Bible reposait sur ses genoux, tournée à l'envers comme si elle n'avait plus rien à y lire, le trésor du livre divin remplissant déjà son âme. C'est en contemplant la beauté de la soirée et en admirant le Créateur dans ses œuvres qu'elle s'était endormie, vaincue par la fatigue des nuits d'insomnie passées auprès d'Ellen.

Je vis tout cela en un instant et pendant que le soleil, la baignant de ses derniers rayons, semblait ainsi me découvrir ses pensées intérieures, je compris que nous ne lui étions pas indifférents, comme je l'avais cru dans mon insouciante ignorance. C'est à peine si l'heureuse nouvelle de la convalescence de ma sœur avait illuminé la figure de ma mère d'une lueur de bonheur plus vive et plus douce. Oh ! non, cette chère grand'mère n'était pas incapable de s'intéresser à ce qui nous touchait ; nous lui étions, au contraire, bien chers !

. . . .

Quand grand'mère s'éveilla, elle nous trouva toutes trois entourant son fauteuil ; car j'avais dit à mes sœurs ce que j'avais vu, et j'avais été

La Grand'Mère.

assez heureuse pour les toucher et les convaincre. Mary la baisa au front, en lui demandant si elle avait fait un bon somme; Suzette ramassa sa pelotte de laine, qui avait roulé sur le parquet et, tout en la roulant, lui raconta gaiement ce qui s'était passé à l'école. Et moi, moi, je m'agenouillai sur le coussin où grand'mère posait ses pieds, me sentant toute prête à pleurer, et je serrai ses genoux contre ma poitrine en disant : « Grand'mère, ô chère grand'mère ! »

Ce fut tout, mais depuis nous fûmes avec elle bien différentes de ce que nous avions été jusque-là.

Oh! la belle pièce! s'écria le mari.

UN POISSON D'AVRIL

Maman, maman, viens donc voir la belle bourriche! s'écria un jour Angèle, en se précipitant dans la chambre de sa mère. Qu'est-ce qu'il peut bien y avoir dedans?

— Nous allons le savoir, dit en souriant Mme de Marelle.

Et elle passa dans la salle à manger, sur la table de laquelle était, en effet, déposée une énorme bourriche, soigneusement ficelée.

— C'est de mon parrain, n'est-ce pas, maman? reprit Angèle. Je reconnais l'écriture; défais, défais vite. C'est peut-être un cuissot de chevreuil, comme celui qu'il a envoyé au jour de l'an, ou bien un pâté de foie gras, comme au carnaval. Oh! Edgard va joliment se régaler, continua la petite fille, pendant que Mme de Marelle, armée d'une paire de ciseaux, coupait les ficelles.

Lorsque cette opération fut terminée, Angèle écarta vivement la paille qui fermait la bourriche.

— Un poulet, s'écria-t-elle; un poulet avec une crête bleue!

— C'est une pintade, dit Mme de Marelle.

— Et qu'est-ce qu'on voit de noir sous la peau?

— Ce sont des truffes. Oh! c'est un très beau cadeau, et ton parrain est bien aimable.

Puis, sans retirer la pintade de la bourriche, Mme de Marelle ordonna à la cuisinière de la porter à la cave.

— Quand mon fils rentrera, ajouta-t-elle, vous irez la chercher pour la lui montrer.

Lorsque l'heure du dîner ramena Edgard du lycée où il faisait ses études, la bourriche fit une nouvelle apparition. Le jeune garçon, qui appréciait les productions culinaires plus que cela n'est habituel à son âge, s'extasia sur la bonne mine de la pintade et prétendit que toute la salle à manger était embaumée du parfum qui s'en exhalait. Pendant ce temps, sa mère appuyait le bout du doigt sur la peau fine et délicate de l'oiseau, au travers de laquelle on apercevait des marbrures noires.

— C'est singulier, murmura-t-elle; on dirait..... et, soulevant la pièce de volaille, elle la retourna en poussant un éclat de rire.

Une couture, entre les points de laquelle s'échappaient quelques brins de foin, allait d'un bout à l'autre de la bête, qui n'avait d'une pintade que la tête et la peau. Les prétendues truffes, qui au dire d'Edgard parfumaient toute la salle à manger, étaient figurées par des rondelles de drap noir.

Edgard demeura quelques instants déconcerté en voyant ainsi s'évanouir le régal attendu.

— C'est une drôle d'idée de la part du parrain d'Angèle, murmura-t-il.

— Comment donc? mais la plaisanterie est excellente au contraire, dit Mme de Marelle, et permise entre amis; c'est aujourd'hui le 1er avril.

— Tiens! c'est vrai; la pintade est un poisson!

Et la satisfaction que lui fit éprouver ce trait d'esprit, rendant à Edgard toute sa bonne humeur, il emporta la bourriche dont sa mère ne s'occupa plus.

— Dis donc, Angèle, dit le jeune garçon à sa sœur après le dîner, j'ai une idée. Si nous envoyions la bourriche à M. Dubuisson, qui est si gourmand et qui aime tant les truffes?

— Je ne demande pas mieux; mais peut-être faudrait-il en demander la permission à maman.

— A quoi bon? Faisons donc cela à nous deux; ce sera bien plus drôle.

La petite fille se laissa convaincre, très facilement, il faut le dire, et peu après M. et Mᵐᵉ Dubuisson recevaient, par l'entremise d'un commissionnaire, la fameuse bourriche.

— Oh! la belle pièce! s'écria le mari, en découvrant ce qu'elle contenait. L'eau en vient à la bouche.

— Superbe! dit la femme; mais es-tu bien sûr que c'est pour nous?

— Il n'y a pas de doute; l'adresse est parfaitement mise.

— Qui peut nous envoyer cela?

— Je n'en sais, ma foi, rien.

— Ce qui est fâcheux, reprit Mᵐᵉ Dubuisson, c'est que nous ne dînons pas chez nous demain... Et puis, manger une si belle pièce à nous tout seuls!... Tu ne sais pas, continua-t-elle après un instant de réflexion, nous devrions l'envoyer à M. Thouret; de cette manière nous lui ferions une politesse et tu prendrais ta part de cet excellent morceau.

M. Thouret était la personne chez laquelle M. et Mᵐᵉ Dubuisson étaient précisément invités à dîner le lendemain.

— C'est cela, dit le mari. Fais porter la bourriche chez lui; moi, pendant ce temps, j'irai chez nos amis pour tâcher de savoir lequel d'entre eux nous devons remercier de ce beau présent.

Vers neuf heures, M. Dubuisson, qui avait déjà fait plusieurs visites sans succès, se présentait chez Mᵐᵉ de Marelle. Aussitôt qu'il eut discrètement touché quelques mots de la pintade, Mᵐᵉ de Marelle sonna vivement sa cuisinière.

— Où est la bourriche? demanda-t-elle.

— Je ne sais pas, madame; M. Edgard l'a emportée, après le dîner, en allant à sa leçon.

— La pintade que vous avez reçue, dit la dame à son visiteur, lorsque la domestique fut partie, est sûrement celle qui m'a été envoyée par le parrain d'Angèle. — Et elle raconta toute l'histoire du poisson d'avril dont elle avait été l'objet. — Je suis désolée que mon fils se soit permis.....

Mais M. Dubuisson ne l'écoutait plus; il s'excusait en deux mots et reprenait à pas pressés le chemin de sa demeure.

— Femme, s'écria-t-il, en entrant et en essuyant sa figure couverte de sueur, la bourriche?.....

— Eh bien, mon ami, elle doit être chez M. Thouret.

M. Dubuisson poussa une sourde exclamation et se laissa tomber dans un fauteuil. Quand il fut un peu revenu à lui, il fit à sa femme le récit du voyage de la pintade.

— Ah! mon Dieu! s'écria Mme Dubuisson, qu'avons-nous fait? Une personne que nous connaissons à peine, chez qui nous dînons pour la première fois! comment va-t-elle prendre cela? On dit M. Thouret très susceptible.

— Écoute, ma chère, je vais y courir, nous excuser, lui expliquer.....

— A dix heures du soir! tu n'y penses pas? Non, attendons plutôt; la nuit porte conseil. Demain matin, nous verrons ce qu'il y aura à faire.

Le lendemain, M. Dubuisson, qui n'avait pas dormi la nuit, se préparait à se rendre chez M. Thouret, lorsqu'un télégramme, laconique et peu gracieux, comme tous les télégrammes, vint lui porter le dernier coup.

On annonçait au mari et à la femme, en quelques mots très secs, que M. Thouret, forcé de s'absenter, serait privé du plaisir de recevoir M. et Mme Dubuisson.

— C'est une défaite, s'écria ce dernier; il faut que j'aille me justifier.

Et, sautant dans une voiture, il se fit conduire chez celui qu'il pensait avoir offensé.

— Monsieur est absent, dit le valet de chambre qui vint lui ouvrir.
Et comme M. Dubuisson insistait.

— Monsieur, reprit le domestique, a été appelé cette nuit auprès de
son oncle de Rennes, qui
est au plus mal.

— Est-ce qu'on n'a pas
apporté hier soir une bourriche? demanda timide-
ment le visiteur.

— Oui; mais Monsieur
ne pouvant en profiter, l'a
envoyée à son beau-frère.

Ce beau-frère était tout
à fait inconnu à M. Du-
buisson; le pauvre homme
dut renoncer à poursuivre

C'était une défaite...

la pintade plus loin, et retourna chez lui dans des perplexités croissantes.

Le soir de ce jour, une seconde bourriche fit son apparition chez
Mme de Marelle. Stupéfaction! C'était la même! Elle était accompagnée
d'un mot d'une de ses amies intimes, qui lui annonçait qu'elle vien-
drait goûter à son contenu le jour suivant.

La pintade était revenue à son point de départ.

Fort heureusement personne, excepté Mme de Marelle, ne l'avait tirée
de la bourriche et ne s'était par conséquent aperçu de la plaisanterie.
Par suite de diverses circonstances, aucun de ceux auxquels elle était
échue n'avait pu en profiter.

Le lendemain une belle pintade truffée, une vraie celle-là, figurait sur
la table de Mme de Marelle. M. et Mme Dubuisson avaient été invités à se
joindre aux convives. Cela leur était bien dû.

Quant à Edgard, il fut vertement tancé, comme il le méritait, car une
mystification, qui peut être une excellente plaisanterie avec des camarades, devient une inconvenance impardonnable avec des personnes aux-
quelles on doit respect et déférence.

LE PETIT SAVOYARD ET SON SANSONNET

Gaspard avait un joli Sansonnet qu'il aimait beaucoup, et je suis sûr que si l'on avait demandé à l'oiseau s'il aimait Gaspard, il aurait dit, en supposant qu'il sût exprimer ses idées :

— Oui, je l'aime bien aussi, mon petit maître, car il est bon pour moi ; non seulement il me caresse, me baise et me dit mille choses aimables, mais encore il ne me laisse manquer de rien.

Ma cage est nettoyée chaque matin, j'ai toujours de la pâtée dans ma mangeoire, et de l'eau claire pour me désaltérer ou pour me baigner. L'hiver, pendant la nuit, de peur que je n'aie froid tout seul sur mon bâton, il me prend avec lui. Il ne mange pas une cerise ou une noisette, que je n'en aie ma part, et s'il ne me donne pas tous les jours des friandises, c'est qu'il n'est pas riche, mon pauvre petit maître, et qu'il ne peut acheter tout ce qu'il voudrait.

— Mais, gentil oiseau, est-ce que cela ne t'ennuie pas d'être toujours renfermé.

— Est-ce qu'on s'ennuie avec ceux qu'on aime ? il n'y a que les sots qui s'ennuient, d'ailleurs. Et puis je ne reste pas toujours à rien faire. Je travaille, et quand on travaille le temps passe vite.

— Tu travailles, Sansonnet !

— Sans doute : ne faut-il pas que je répète les airs que m'enseigne mon ami Gaspard. Dans ce moment, nous étudions une romance de son pays. Écoutez :

Et Sansonnet, d'une voix claire, se mit à chanter :

> Que j'aime nos montagnes,
> Avec leurs champs glacés;
> Et nos vertes campagnes
> Aux sapins élancés.
>
> Que j'aime sur nos cîmes
> A chasser le chamois,
> Dans nos profonds abîmes,
> Où retentit la voix !

L'éducation de Sansonnet était en effet très soignée; son petit maître s'en occupait beaucoup. Quand il avait fini son ouvrage (car nous avons oublié de dire que Gaspard était commissionnaire et qu'il cirait les bottes des passants sur le boulevard), le jeune garçon n'avait pas de plus grand plaisir que de venir retrouver Sansonnet, et de lui apprendre des airs savoyards.

Le pauvre petit avait quitté son pays depuis un an déjà, pour venir à Paris chercher fortune, c'est-à-dire gagner quelques sous. En chantant à son oiseau les refrains qui l'avaient bercé, il lui semblait être encore au milieu de ses belles montagnes, et quand Sansonnet répétait ses paroles il croyait entendre encore l'écho de ses vallons. Il voyait la grand'mère assise près du feu, les enfants jouant devant la porte, et lui-même courant au devant de son père, qui revenait chargé du produit de sa chasse. Un jour ce pauvre père, en poursuivant un chamois, était tombé dans une crevasse et on ne l'avait plus revu. C'est alors que le pauvre Gaspard était parti pour tâcher de se subvenir à lui-même, car il n'y avait pas trop de pain au logis pour sa grand'mère et ses petits frères. Mais on le voit, il n'avait pas oublié son cher pays. Quand il avait fini de donner à Sansonnet sa leçon de chant, il lui parlait de la Savoie, de ceux qu'il y avait laissés, comme si le petit oiseau pouvait le comprendre. Et on aurait dit que le petit oiseau le comprenait en effet, car il répondait par mille caresses aux discours de l'enfant. Il semblait lui dire :

— Consolez-vous, petit maître, vous n'êtes pas tout seul dans ce grand Paris; vous avez à côté de vous une petite créature qui vous aime, qui compatit à vos chagrins, et qui peut vous mettre de temps en temps un peu de gaieté au cœur.

Gaspard et Coco étaient donc tout pour l'un comme pour l'autre, aussi

Le Petit Savoyard et son Sansonnet.

on juge du désespoir du petit commissionnaire, lorsque un soir, revenant
bien fatigué de son ouvrage, et se réjouissant à la pensée de se reposer

D.   6 en compagnie de son oiseau, il fut accueilli par un profond silence dans la mansarde qu'il occupait en compagnie de Coco. C'était déjà avec une vive inquiétude que Gaspard en avait ouvert la porte. Ordinairement il entendait, dès les étages inférieurs, son petit ami saluer son retour d'une voix retentissante et chanter de toutes ses forces :

> Que j'aime nos montagnes,
> Avec leurs champs glacés!

Aujourd'hui il n'avait pas saisi le moindre son; Sansonnet était-il malade? Il se précipita vers la cage; elle était vide.

Gaspard chercha d'abord l'oiseau du regard dans la chambre, car la cage restait toujours ouverte; ce n'était pas une prison, et l'oiseau pouvait la quitter quand il le désirait; mais dans quelque coin qu'il eût choisi, s'il avait été là, il fût bien vite accouru à la voix de son petit maître, qui l'appelait avec des accents désespérés. S'était-il enfui? Rien ne lui eût été plus facile, car une des vitres de la fenêtre en tabatière, qui défendait tant bien que mal la mansarde du froid et de la pluie, était brisée, et comme on était en été, Gaspard n'avait pas pris la peine de la remplacer, même par un morceau de papier. Mais pourquoi Coco se serait-il enfui? Gaspard ne pouvait pas faire une supposition si injurieuse pour les sentiments de son ami. Non, on l'avait volé; la porte fermait mal, et la forcer n'était pas impossible.

Le premier moment de stupeur causé par le désespoir passé, Gaspard songea à se mettre à la poursuite de son oiseau; on l'avait volé, il ne pouvait y avoir de doute; mais qui, et où le chercher? Le petit Savoyard parcourut tous les environs, interrogeant les voisins avec anxiété.

— Avez-vous vu mon sansonnet, mon cher Coco, leur disait-il?

Personne ne pouvait lui en donner de nouvelles; mais chacun compatissait à sa peine, car chacun s'intéressait à l'enfant et à son oiseau.

Gaspard erra dans tout le quartier jusqu'à nuit close, sans pouvoir obtenir le moindre indice capable de le mettre sur la voie du ravisseur.

Quand il rentra dans sa chambrette, il se jeta sur son lit, mais ce ne fut que pour continuer à pleurer la perte de son cher petit compagnon.

Il finit par s'endormir; cependant le souvenir de la disparition de Coco le poursuivit encore pendant son sommeil.

Il rêva qu'en passant devant la maison qui faisait vis-à-vis à celle qu'il habitait, il entendait une voix plaintive murmurer :

> Que j'aime nos montagnes,
> Avec leurs champs glacés!

Il se précipitait dans l'escalier, grimpait au dernier étage, et là, dans une mansarde qui ressemblait à la sienne, il retrouvait son ami perdu.

L'enfant se réveilla en sursaut, mais hélas! tout songe est mensonge. Il était toujours dans sa chambrette solitaire, et la cage était toujours vide; mais il se rappela qu'avant de s'endormir, la pensée que son oiseau avait pu être pris par un méchant petit voisin, qui occupait une mansarde dans la maison d'en face, avait traversé son esprit. C'est sans doute ce qui avait causé son rêve. Il se rappela aussi avoir remarqué que souvent, pendant qu'il s'occupait à sa fenêtre de l'éducation de Coco, son voisin le regardait d'un air malicieux et plein d'envie. Le rêve qu'il venait de faire augmentait malgré lui ses soupçons et il attendit avec une grande impatience que le jour fût venu afin de savoir s'ils étaient fondés. Au premier rayon de soleil qui, chacun le sait, se lève de bonne heure en été, il était à sa fenêtre pour guetter le moment où la porte de la maison s'ouvrirait.

Aussitôt que le portier se montra sur le seuil, son balai à la main, le petit Savoyard dégringola son escalier, traversa la rue d'un bond, et, escaladant les étages, se trouva à la porte du voleur; car son rêve ne l'avait pas trompé, le voisin était bien le voleur. Dès son entrée dans la maison, Gaspard avait reconnu la voix de Coco, répétant son refrain accoutumé, comme un appel à son ami.

Cet appel avait été entendu. D'un vigoureux coup de poing, Gaspard ébranla la porte de la mansarde qui, n'étant fermée qu'au loquet, céda aussitôt. Une lutte s'engagea. D'un autre coup de poing non moins bien appliqué, Gaspard envoya le ravisseur du sansonnet rouler au milieu de la chambre; puis, s'emparant de l'oiseau qui, faute de cage était enfermé dans un vieux panier, Il l'emporta triomphalement pendant que Coco chantait à plein gosier :

> Que j'aime nos montagnes,
> Avec leurs champs glacés !

BIANCA ET BEPPO

Bianca et Beppo étaient les enfants d'un duc florentin. Ils habitaient avec leur père un grand château, décoré de peintures et de sculptures magnifiques, et situé au milieu d'un vaste jardin où chantaient tout le jour les merles, les fauvettes, les pinsons et les rossignols. Les fleurs les plus rares et les plus belles parfumaient l'air; les eaux babillaient gaiement dans les bassins de marbre; mais peintures, sculptures, oiseaux et fleurs, rien n'était si agréable à voir ou à entendre, rien ne chantait si joyeusement que Bianca et Beppo. Leurs éclats de rire enfantins égayaient toute la maison et faisaient tinter les armures de fer suspendues dans les hautes salles.

Une nuit qu'ils dormaient dans leurs petits lits dorés et ciselés, placés côte à côte, ils furent éveillés par un bruit sourd. Ils prêtèrent l'oreille. On aurait dit qu'on se battait au-dessous d'eux. Le tumulte finit par s'apaiser; mais, même quand il eut complétement cessé, il ne purent se rendormir et restèrent tremblants et silencieux. A la fin Beppo dit à sa sœur :

— Reste là, Bianca, pendant que je descendrai parler à notre père. Peut-être qu'il dort encore. Il doit s'être passé quelque chose.

— Non, Beppo, dit Bianca en tressaillant; nos hommes d'armes se sont querellés : peut-être qu'ils se battent encore. Je t'en prie, n'y va pas.

— N'aie pas peur. Quelles craintes peux-tu avoir? Je n'ai peur de rien, moi. Je saurais bien tenir une épée, s'il le fallait, ajouta-t-il orgueilleusement.

— Alors, laisse-moi aller avec toi.

Les deux enfants se levèrent; ils s'habillèrent silencieusement et en toute hâte, puis ils descendirent, en se tenant par la main, dans le sombre escalier de pierre. Bianca se serrait de toutes ses forces contre son frère et tremblait comme la feuille.

Ils atteignirent ainsi la chambre du duc; la porte en était toute grande ouverte. Ils y entrèrent : le lit était vide. Les meubles et les objets en désordre, qu'on distinguait à la lueur que répandait la lune, prouvaient qu'une scène de violence venait de s'y passer.

A cette vue, le frère et la sœur demeurèrent frappés d'horreur et d'effroi.

Bianca, sans savoir ce qu'elle faisait, s'enfuit en criant et en pleurant, et Beppo la suivit.

Ils arrivèrent à une terrasse de marbre, conduisant aux magnifiques jardins. Ils les traversèrent en courant et atteignirent la porte qui donnait dans la forêt.

Toujours sous l'empire de la terreur qu'ils venaient d'éprouver, les deux pauvres enfants, demi-nus, franchirent cette porte et s'enfoncèrent sous l'ombre noire des grands arbres afin de s'y cacher jusqu'au matin.

La nuit était près de finir, et bientôt un faible rayon de lumière, devenant de moment en moment plus brillant, se glissa sous le feuillage. Les enfants s'assirent sur un monticule de gazon au pied d'un chêne, attendant avec angoisse la venue du jour.

Bianca tira d'une aumônière qui pendait à sa ceinture quelques fruits qu'elle avait cueillis la veille et les présenta à Beppo.

— Mange, lui dit-elle.

— Je ne peux pas, répliqua le petit garçon, après avoir vainement essayé d'en porter quelques-uns à ses lèvres pour complaire à sa sœur. Mais écoute, ajouta-t-il, posant son doigt sur sa bouche. Qu'est-ce que j'entends?

Ils prêtèrent l'oreille. Un faible son, ressemblant à un gémissement, parvint jusqu'à eux.

Les terreurs de Bianca redoublèrent; elle s'attacha plus fortement au cou de Beppo.

Mais celui-ci, se dégageant, se leva et courut bravement dans la direction du son. Sa sœur le suivit, sondant du regard avec effroi chaque

Mais, écoute! Qu'est-ce que j'entends!

buisson, chaque bouquet de verdure. Tout à coup Beppo, qui la devançait, jeta un cri de joie en précipitant sa course.

Il venait d'apercevoir, au milieu d'une petite clairière, leur père étendu sur le gazon teinté de sang.

Tous deux s'élancèrent vers lui en le couvrant de baisers.

Le duc leur rendit leurs caresses avec ravissement, puis, faisant un effort pour parler :

— Je suis blessé, mes enfants, leur dit-il, tâchez de m'apporter de l'eau.

Sans perdre de temps à crier et à se tordre les mains, oubliant leurs terreurs, le frère et la sœur s'empressèrent d'obéir à leur père. Pendant que Beppo courait chercher de l'eau à la fontaine qui coulait dans les bassins de marbre du jardin, Bianca s'efforçait de soulager un peu son père. Le visage de la petite fille était pâle d'émotion, mais une expression de joie profonde s'y lisait, en se voyant utile au cher blessé.

— Père ne veut pas qu'on le bouge de là, dit-elle à Beppo quand celui-ci revint avec de l'eau. Vois, j'ai réuni des feuilles sous sa tête pour lui faire un doux oreiller. Il dit qu'il est bien. Et puis j'ai prié Dieu pour lui. Nous avons prié Dieu, reprit-elle.

Maintenant, si vous voulez savoir ce qui s'était passé, je vous dirai qu'une révolte avait eu lieu au château, parmi les hommes d'armes. Le père des deux enfants avait été attaqué, laissé pour mort et jeté dans le bois; puis les meurtriers avaient quitté le pays.

Peut-être le duc aurait-il pu, après leur fuite, rentrer dans sa demeure, mais il préféra rester dans la forêt jusqu'à ce qu'il fût guéri : en Italie le climat est si doux qu'aucune chambre de malade n'aurait pu être aussi favorable à son rétablissement que le vert ombrage sous lequel il était étendu. D'ailleurs, il n'osait se fier à tous ses serviteurs.

Il demeura donc caché dans le bois. Les enfants, eux, étaient retournés au château, car personne ne pouvait leur vouloir de mal. Chaque jour, ils s'en échappaient pour venir soigner leur père. Ils lui apportaient de la nourriture, des fruits, des boissons rafraîchissantes, et l'éventaient avec des branches de feuillage quand la chaleur était trop forte. Lorsque le blessé commença à se sentir mieux, ils lui chantèrent de douces chansons. Le frère et la sœur, affairés comme des abeilles, ne pensaient jour et nuit qu'à leur père chéri, et, en le voyant revenir à la vie par leurs soins, ils étaient aussi heureux que des enfants le furent jamais. La plus douce occupation pour Bianca était de chercher des fleurs fraîches pour les amonceler sous la tête de son père, et Beppo était tout orgueilleux de monter la garde aux pieds du duc, l'épée à la main, prêt à combattre ceux qui se présenteraient.

Nul ennemi ne vint cependant, mais seulement deux bons amis : santé et force. Quand le duc eut recouvré toute sa vigueur, il fit connaître sa guérison à ceux de ses serviteurs qui lui étaient restés fidèles et qui le pleuraient comme mort. Il se mit à leur tête et rentra dans son château, où il vécut un grand nombre d'années paisible et heureux, pendant que la vieille demeure reprenait un air de gaieté et que de nouveau les murailles retentissaient des rires joyeux de Bianca et de Beppo.

L'HOMME CONTENT

Un pauvre laboureur, nommé Robert, retournait chez lui après une rude journée de travail. Il portait un panier contenant des provisions.

— Quel bon souper je vais faire, se dit-il. Ce morceau de viande, arrangé avec ces gros oignons coupés en tranches, mes trois œufs en omelette, assaisonnés de sel et de poivre, le tout arrosé de cette bouteille de cidre, cela me fera un repas digne d'un roi. J'ai un morceau de pain de seigle à la maison pour le compléter. Je vais me régaler comme il faut.

En ce moment, le pauvre homme vit deux méchants garçons qui frappaient un de leurs petits camarades. Il courut à eux et délivra celui qu'on maltraitait, mais l'un des enfants, en s'enfuyant, culbuta son panier et les œufs furent écrasés.

— Bah ! se dit l'homme, je me contenterai de ma tranche de viande aux oignons. Tout le monde n'a pas une tranche de viande aux oignons à son souper.

Un peu plus loin, en traversant le bois, il aperçut des noisettes.

— Oh ! Oh ! fit-il, la petite fille de Mathurine les aime beaucoup. Pauvre enfant, elle ne peut pas venir en cueillir comme les autres années, puisqu'elle s'est cassée la jambe. Je vais lui en porter quelques poignées.

Il se mit à la besogne et eut bientôt rempli ses poches. Pendant ce temps un gros chien emportait son morceau de viande dans sa gueule. L'homme courut après lui, mais sans pouvoir l'atteindre.

— Bah ! se dit-il en abandonnant sa poursuite, il me reste la bouteille de cidre. Une bouteille de cidre avec un bon morceau de pain, ce n'est pas à dédaigner.

En cet endroit la route était traversée par un petit ruisseau qu'on passait sur des pierres glissantes. Une vieille femme, portant sur la tête une grosse botte d'herbe, était arrêtée sur l'un des bords, bien embarrassée.

— Attendez, la mère, dit le brave homme, je vais vous aider.

Il tendit la main à la vieille femme, mais dans ce mouvement le panier lui échappa et la bouteille de cidre fut brisée en mille morceaux.

— Bah ! se dit pour la troisième fois Robert, je souperai ce soir de pain frotté d'oignons, ce ne sera ni la première ni la dernière fois. Encore bien heureux d'avoir du pain et des oignons !

Et il se remit en route, chantant comme devant ; le panier vide, mais le cœur satisfait d'avoir rendu service à son prochain.

LE ROI BOIT!

Le roi boit! le roi boit!

L'objet de ces joyeuses acclamations ne portait pour couronne qu'une auréole de cheveux bruns, qui frisottaient autour d'une tête de dix ans, et il brandissait pour sceptre un verre où pétillait un vin doré. La royauté lui avait été décernée dans une part de gâteau dont un large morceau restait encore sur la table, et parmi tous ses sujets, au nombre d'une douzaine environ, il ne se trouvait pas un rebelle, pour menacer son trône d'une heure.

— Le roi boit! le roi boit! répétaient-ils.

— La reine boit! dit galamment le roi en avançant son verre de l'autre côté de la table, où une fillette rieuse et rougissante tenait le sien en l'air sans pouvoir se résoudre à le porter à ses lèvres.

Elle s'y décida pourtant, encouragée par son royal partner. Alors de tous les côtés, partirent les cris entremêlés de : Le roi boit ! La reine boit !

— J'aime bien mieux tirer les rois ici qu'à la maison, dit la petite Madeleine, à qui son titre de cousine de la reine donnait le rang de princesse ; chez nous on sert bien un gâteau avec une fève, mais on ne sait jamais ce qu'elle devient et personne ne crie « Le roi boit ! »

— C'est que la fête des rois commence à tomber en désuétude, autrement dit à passer de mode, dit le père de la reine Marthe, chez qui avait lieu la réunion. Dans mon enfance on la célébrait encore dans presque toutes les familles ; mais il ne fallait pas de tricherie au moins ! Le gâteau était coupé d'avance, couvert d'une serviette, et c'était l'un de nous, enfants, qui, à l'aveuglette, en faisait la distribution par rang d'âge.

— De mon temps c'était encore mieux, dit un vieux monsieur, ami de la famille. Le plus jeune de la société se glissait sous la table ; alors le père prenait une part du gâteau en disant : — Faba Domine, pour qui ? — L'enfant caché nommait une personne à qui on passait la part. Bien souvent j'ai joué ce rôle de distributeur.

En entendant ces paroles, Louis, qui n'avait que sept ans, ne pût s'empêcher de rire tout haut à la pensée de ce monsieur blotti sous la table, tandis que la petite Valentine, qui était plus jeune encore, se demandait comment il avait pu se rapetisser assez pour y parvenir.

— Oh ! reprit le vieux monsieur, c'était une grave affaire que la fête des Rois, et il n'aurait pas fallu comme aujourd'hui s'abstenir de crier: Le roi boit ! C'eût été considéré comme un crime de lèse-majesté.

— De lèse ?... répétèrent deux ou trois jeunes convives.

— De lèse-majesté ; c'est-à-dire contre la majesté royale.

— Celui qui s'en fût rendu coupable eût été puni.

— Puni ?

— Oui ; on lui eût barbouillé la figure de noir.

— Barbouillé la figure! Oh! ce devait être drôle!

— Est-ce qu'il y a longtemps que cette fête-là existe? demanda la reine Marthe.

— Elle a été en honneur pendant tout le moyen âge et on la célébrait dans toutes les classes de la société ; chez les rois comme chez les simples particuliers.

— Chez les rois aussi? et quand la fève tombait à un autre qu'au roi ?

— C'est cet autre qui était le roi, et le roi véritable devenait sujet pendant tout le repas.

— Je croyais que la fête des Rois était encore plus ancienne, dit le roi Paul. J'ai lu dans un livre qu'elle avait été instituée en souvenir des Rois Mages.

— Ah! oui, interrompit une des petites filles présentes, ces rois d'Orient qui, conduits par une étoile, vinrent adorer l'enfant Jésus dans la crèche.

— Et comment s'appelle la fête que l'Église célèbre en mémoire de cet événement? demanda le vieux monsieur.

La petite savante demeura court.

— L'Epiphanie, murmura sa voisine.

— L'Épiphanie, répéta-t-elle un peu confuse.

— C'est cela, dit le vieux monsieur en souriant.

— J'ai entendu raconter, dit un ami de Paul, que cette fête était aussi célébrée par les Anciens et que, comme nous, en certaines occasions, ils élisaient un roi de la fève.

— En effet, ce roi présidait au festin ; c'était lui qui ordonnait aux esclaves de verser à boire ou bien aux convives de réciter des vers, de chanter tour à tour pour l'agrément des autres convives. Il portait une couronne de fleurs.

— Ah! voilà qui était gentil, s'écria une jolie petite blonde. Et les reines avaient aussi des couronnes, je l'espère !

— Hélas, il n'y avait pas de reine.

— Pas de reine !

— Non ; ma belle enfant, par la raison que les femmes ne paraissaient pas à table chez les Anciens.

— Par exemple ! firent toutes les fillettes indignées.

— Eh bien ! ils devaient bien s'ennuyer ! dit le roi, avec courtoisie.

— Je suis tout à fait de ton avis, mon garçon, répliqua le vieux monsieur.

Pendant ces dernières paroles, le père avait versé de nouveau quelques gouttes de vin dans les verres.

— Attendez un instant, s'il vous plaît, papa, dit la reine Marthe.

Et elle s'élança hors de la salle à manger.

Quelques instants après elle rentrait, accompagnée de deux enfants très modestement vêtus, qui ouvrirent des yeux grands comme des soucoupes, mais qui, malgré les encouragements des jeunes convives, se tinrent près de la porte sans oser avancer.

Marthe sépara en deux les restes du gâteau, leur mit à chacun une part dans la main et remplissant deux verres.

— Criez : La reine boit ! dit-elle, et elle porta son propre verre à ses lèvres.

— La reine boit ! murmurèrent timidement les deux enfants pendant que de bruyantes acclamations remplissaient la pièce.

— Je vois, dit le vieux monsieur, que vous avez conservé la bonne vieille coutume d'autrefois de faire la part du bon Dieu. C'est bien, quand on s'amuse, de penser à ceux qui pleurent ou qui souffrent.

Mais Marthe ne l'entendait pas. Voyant que les enfants n'osaient mordre dans leur gâteau, quoiqu'ils le dévorassent des yeux, et ne voulant pas leur faire subir un plus long supplice, elle les avait reconduits à leur mère, pauvre ouvrière qui habitait le haut de la maison. Grâce à la gentille reine de la fève, ces pauvres petits avaient eu, eux aussi, leur part de la fête et leur heure de joie.

La Blanche.

COMMENT L'ÉTRANGER ACHETA UNE VACHE

POUR DEUX POULES

— Hélas! mes deux poules sont mortes, criait la vieille mère Jacques; qu'est-ce que je vais devenir? Nous n'aurons pas d'œufs pour notre souper!

— Mais nous aurons du pain et du lait, dit le petit Jacquot; et c'est très bon, grand'maman.

— Oui! mais les œufs sont meilleurs, dit la mère Jacques tout en mettant son bonnet des dimanches pour aller reporter une paire de chaussons qu'elle avait tricotés pour la femme du maire. Jacquot s'assit devant la porte en attendant.

Un homme vint à passer : il conduisait un chariot chargé de cages remplies de poules.

— Pouvez-vous me donner à boire? demanda-t-il au petit Jacquot.

D.

— Oui, monsieur, dit celui-ci, et il apporta une tasse de lait.

Quand l'homme l'eut vidée jusqu'à la dernière goutte :

— Que vous donnerai-je pour votre peine? dit-il. Un sou?

— Grand'maman voudrait avoir deux poules, parce que les siennes sont mortes, dit Jacquot, et j'aimerais mieux les avoir que le sou.

— Eh bien, dit l'homme, je vous donnerai deux poules au lieu du sou; mais des poules valent beaucoup de sous : que me donnerez-vous en retour?

— Eh bien, dit Jacquot, voici la Blanche, notre vache, qui paît là dans le pré. Je serai chagrin de la voir partir, car elle mange dans ma main ; mais grand'mère dit que les œufs valent mieux que le lait.

L'homme se mit à rire et descendit de sa voiture un panier avec deux belles poules.

— Donnons-nous une poignée de main, mon petit homme, pour sceller notre marché.

Jacquot donna la poignée de main demandée, puis il alla vers la vache, la caressa et lui dit :

— Adieu, la Blanche, je t'aimais mieux que tous les œufs du monde; mais grand'maman, elle, aime mieux les œufs.

L'homme était remonté dans sa charrette.

— Est-ce que vous n'emmenez pas la Blanche avec vous?

— Non, dit-il, je reviendrai la prendre quand j'en aurai besoin.

Et il partit.

Quand la mère Jacques rentra :

— Oh! voyez, grand'mère, s'écria Jacquot : un homme est venu pendant que vous n'étiez pas là, et il m'a donné ces deux belles poules pour notre vache.

— Comment! s'écria la grand'mère, prête à se trouver mal à cette nouvelle; mais elle se rassura bien vite en voyant la Blanche derrière la maison.

— L'homme viendra la chercher quand il en aura besoin, dit Jacquot.

Mais l'homme ne revint jamais.

Arrive donc! lui cria M. Maillard.

LES REDEVANCES DU MAITRE D'ÉCOLE

I

Un dimanche de Pâques, dans l'après-midi, il y a de cela cinquante ou soixante ans, M. Maillard, le maître d'école de Blanville, était assis gravement dans la cour de sa maisonnette, qu'une haie verdissante séparait de la route.

C'était là que, pendant l'intervalle des leçons, les écoliers prenaient leurs ébats; mais ce jour-là il n'y avait ni récréation ni classe.

La toilette de M. Maillard était plus soignée que de coutume; sa veste de gros drap, qui ne voyait la lumière qu'aux fêtes carillonnées, avait été brossée soigneusement; ses souliers étaient bien frottés à l'œuf, et un bonnet de coton, d'une blancheur éclatante, couronnait son chef grisonnant; car, en revenant de la messe, il avait, en dépit de la solennité du jour, remplacé son chapeau à larges bords par cette coiffure peu cérémonieuse, il est vrai, mais qui du moins avait l'avantage, mieux qu'une autre, de préserver sa tête d'une bise d'avril encore assez fraîche, en dépit du soleil déjà chaud.

Mme Maillard allait et venait avec activité dans l'intérieur de la maison, avançant de temps en temps au dehors sa tête, ornée du haut bonnet normand, pour jeter un regard sur la route.

— Eh bien! personne encore! dit-elle en venant se poster près de son mari. Ils ne sont guère pressés d'apporter leurs œufs; ma galette va être froide.

Il faut vous dire qu'autrefois, dans les villages, les instituteurs, ou, comme on disait alors, les maîtres d'école, n'étaient pas payés régulièrement par l'État, comme ils le sont aujourd'hui. Les parents de la plupart des élèves ne s'acquittaient qu'en nature, c'est-à-dire en objets de consommation que fournissaient leur jardin, leur maison ou le métier qu'ils exerçaient, des soins donnés à leurs enfants. L'été, ils envoyaient des légumes, des fruits, du beurre; de temps en temps un lapin ou un poulet. L'hiver, on voyait chaque écolier arriver à l'école avec une bûche sous le bras. Le fils du sabotier apportait une paire de sabots; celui de l'épicier, du sucre, du savon ou de la chandelle; un autre du fil, que le père d'un de ses camarades, tisserand, se chargeait de convertir en toile. La ménagère du maître d'école n'estimait guère les élèves de son mari qu'au point de vue du contingent qu'ils fournissaient à son armoire ou à son garde-manger; tandis que le brave maître d'école, lui, bien différent de son épouse, ne distinguait ses écoliers que par leurs dispositions, leur application et leurs progrès.

Outre ces petites redevances, dont chacun s'acquittait avec plus ou moins de largesse dans le courant de l'année, il était d'usage, à Pâques, de faire des cadeaux qui consistaient en œufs, et qui formaient un des principaux revenus du maître d'école.

Vous vous imaginiez peut-être, enfants, vous qui recevez de si jolis présents à cette époque, que les Œufs de Pâques ont été inventés à votre intention. Détrompez-vous. Cet usage est très ancien; seulement autrefois, au lieu d'offrir comme aujourd'hui des œufs de sucre ou de chocolat, on offrait simplement des œufs véritables, qui quelquefois étaient teints en rouge, en bleu ou en violet. Dans ce temps-là, les œufs étant rigoureusement défendus pendant tout le Carême, c'était avec une grande satisfaction qu'on s'en régalait à Pâques. Cette coutume s'est conservée longtemps à la cour de France, et, jusqu'au milieu du dix-huitième siècle, le roi, au sortir de la grand'messe, distribuait à ses courtisans des œufs peints et dorés. On appelait aussi Œufs de Pâques de petits cadeaux qu'on faisait à l'occasion de cette fête. Vous voyez qu'il n'y a rien de nouveau sous le soleil.

Ce sont ces cadeaux que M. et Mme Maillard attendaient, l'une avec impatience, et l'autre très philosophiquement.

II

Enfin l'on vit poindre à la montée de la route un garçon d'une dizaine d'années, portant un panier au bras.

— Ce n'est pas dommage! s'écria Mme Maillard, en voilà un! C'est le petit Lucas. Je gage qu'il n'y a pas grand'chose dans son panier.

— Tu sais bien, femme, que la mère de ce petit est veuve, souvent malade. Elle a beaucoup de peine à joindre les deux bouts. Je lui avais même défendu d'envoyer son garçon.

— Je te reconnais bien là! s'écria la maîtresse d'école. Si on t'écoutait, toi, nous n'aurions seulement pas de l'eau à boire! Tu travaillerais gratis du premier janvier à la Saint-Sylvestre. Avec ça que c'est amusant de faire épeler ces moutards!

— Qu'est-ce que tu veux, femme! je les aime, ces moutards, comme

D.   7* tu dis. Et puis, après tout, nous ne sommes pas encore morts de faim.

— Il ne manquerait plus que cela !

En ce moment, l'enfant atteignait l'ouverture de la haie, que ne défendait aucune barrière. Depuis quelques instants, il ralentissait le pas, un peu inquiet de l'accueil que son mince présent allait recevoir.

— Arrive donc, lui cria M. Maillard d'un ton de bonne humeur, arrive, mon garçon ! Tu es le premier ; tu nous porteras bonheur.

Et le brave homme embrassait l'enfant qui, encouragé par cette voix amicale, s'était décidé à franchir la haie. Déjà sa femme s'était emparée du panier.

— Six ! rien que six ! grommela-t-elle.

Les yeux de Lucas se remplirent de larmes.

— N'as-tu pas honte, s'écria le maître d'école, de tourmenter cet enfant, pour quelques œufs de plus ou de moins ? un de mes meilleurs élèves qui, je le prédis, fera, lui aussi un jour, un fameux maître d'école ! Donne-lui donc plutôt bien vite un bon morceau de galette.

Mme Maillard obéit... à moitié, c'est-à-dire qu'elle coupa bien une part de galette, mais elle ne lui donna que des dimensions proportionnées à celles du cadeau offert. Quoi qu'il en soit, l'enfant la prit avec autant de plaisir que de reconnaissance, et se mit à mordre dedans avec une satisfaction qui prouvait qu'il n'y avait pas eu de régal de Pâques chez lui.

III

Pendant qu'il y portait la dent, d'autres visiteurs se montrèrent sur la route. L'un d'eux, sans doute pour rattraper le temps perdu à flâner en chemin, comme cela lui arrivait du reste aussi bien les jours de classe, avait pris ses jambes à son cou et accourait avec une hâte qui mettait fort en danger le présent fragile dont il était chargé.

— Il va tout me briser! s'écria Mme Maillard, en s'élançant au-devant
de lui.

Elle lui arracha le panier des mains avant qu'il eût atteint la maison
et vint ranger son contenu dans une manne, au fond de laquelle se
perdait la demi-douzaine d'œufs de Lucas, et dont la vaste capacité
témoignait de l'étendue des espérances de la dame.

Deux ou trois œufs avaient reçu de graves blessures; cependant la

Jean, tout saisi, se mit à pousser des hurlements.

part de galette que reçut l'écervelé fut beaucoup plus grosse que celle
de Lucas, car son apport était beaucoup plus considérable.

M. Maillard, cependant, ne lui fit pas aussi bon accueil qu'à l'enfant
de la pauvre veuve.

— J'aimerais mieux, lui dit-il, que tu m'apportasses (le maître d'école
fit sonner la finale de ce mot), j'aimerais mieux que tu m'apportasses
une ou deux douzaines d'œufs de moins et que tu soignasses davantage
tes devoirs.

Cependant, peu à peu, la cour se remplissait. Chaque nouvel arrivant
remettait son panier entre les mains de la maîtresse d'école, qui comptait
scrupuleusement ce qui y était renfermé et donnait en échange une

part de galette en rapport avec le nombre d'œufs apportés. A mesure que le gâteau diminuait, le niveau de la manne s'élevait; il finit par atteindre presque les bords. Mme Maillard ne se sentait pas d'aise et calculait déjà combien le coquetier, qu'elle avait prévenu, afin qu'il se chargeât de vendre ses œufs au marché voisin, lui en donnerait.

IV

Deux morceaux de galette restaient encore à distribuer, lorsque se montra un grand garçon de quatorze à quinze ans. Il en portait un autre, beaucoup plus jeune, sur ses épaules. Celui-ci tenait un œuf dans chaque main.

— Ah! voilà Pierre et Jean Lussin, firent plusieurs écoliers.

— Arriveras-tu, à la fin, grand fainéant? lui cria la maîtresse d'école; toujours en retard! — Eh bien! tes œufs, où sont-ils? ajouta-t-elle en remarquant qu'il avait les mains vides.

— Voilà! dit-il en désignant ceux que tenait le petit garçon.

— Deux œufs, tu te moques! Deux seulement! quand à toi seul tu nous donnes plus de mal que la classe entière! Tes parents sont pourtant à leur aise; mais père et enfants se valent!...

— Si vous n'êtes pas contente, fit Pierre d'un ton goguenard, attendez...

Et, avant que personne pût deviner son dessein, enlevant son frère et lui faisant faire une culbute, il le précipita au beau milieu de la précieuse manne, où Mme Maillard rangeait, avec tant de plaisir et tant de sollicitude, les œufs qu'on lui apportait.

Jean, tout saisi, se mit à pousser des hurlements, en piétinant dans le panier avec ses sabots et en envoyant de tous côtés de longs jets de liqueur huileuse.

Un cri répondit aux siens, poussé par Mme Maillard, qui s'élança pour enlever le bambin; mais les dégâts étaient déjà irréparables.

Elle retira l'enfant de la manne et le replaça rudement à terre, non sans lui administrer une bonne paire de gifles, et si elle borna là les marques de son ressentiment, c'est qu'elle était encore plus pressée de recueillir les débris de ses richesses que de se venger. Puisqu'elle était forcée de dire adieu aux rêves d'or, fondés sur la visite attendue du coquetier, au moins fallait-il tâcher de sauver quelque chose du naufrage pour les besoins journaliers. Armée d'une casserolle, elle se hâta donc de transvaser le contenu de la manne, qui s'échappait à grands flots entre les mailles d'osier, dans de vastes terrines où blancs, jaunes et coquilles nagèrent à qui mieux mieux.

Quant à Pierre, il s'était dérobé par la fuite à l'indignation de ses camarades.

— Que concluez-vous de mon historiette, mes amis? Quant à moi, je trouve les choses mieux arrangées de notre temps. Si les instituteurs ne reçoivent plus d'Œufs de Pâques de leurs élèves, ils touchent leurs émoluments sous une forme moins fragile, et ils ne sont plus exposés, comme M. Maillard, à manger pendant quinze jours de l'omelette.

TABLE DES MATIÈRES

PARIS. — IMPRIMERIE P. MOUILLOT, 13, QUAI VOLTAIRE. — [s. 1928]

PARIS. — IMP. P. MOUILLOT. — 24852

www.ingramcontent.com/pod-product-compliance
Lightning Source LLC
Chambersburg PA
CBHW060836250626
47162CB00005B/2080